Louis Sachar
Schlamm

LOUIS SACHAR

SCHLAMM

oder Die Katastrophe von Heath Cliff

Roman

Aus dem amerikanischen Englisch von
Uwe-Michael Gutzschhahn

GULLIVER

Ebenfalls lieferbar:
»Schlamm« im Unterricht – in der Reihe *Lesen – Verstehen – Lernen*
Bestellnr.: 44424
Kostenloser Download: www.beltz.de/lehrer

Für Carla,
weil sie alle meine Eigenheiten
und Schwächen erträgt.

Dieses Buch ist erhältlich als:
ISBN 978-3-407-74865-2 Print
ISBN 978-3-407-74605-4 E-Book (EPUB)

© 2018 Gulliver
Verlagsgruppe Beltz
Werderstraße 10, 69469 Weinheim
service@beltz.de
Alle deutschsprachigen Rechte vorbehalten
Die amerikanische Ausgabe erschien u. d. T. *Fuzzy Mud* bei Delacorte
Press, an imprint of Random House Children's Book a division of
Random House LLC, a Penguin Random House Company, New York.
© 2015 Louis Sachar
Übersetzung: Uwe-Michael Gutzschhahn
Lektorat: Isabelle Ickrath
Neue Rechtschreibung
© 2015 Beltz & Gelberg
Einbandgestaltung: Max Meinzold
Druck und Bindung: Beltz Grafische Betriebe, Bad Langensalza
Beltz Grafische Betriebe ist ein Unternehmen mit
finanziellem Klimabeitrag (ID 15985-2104-1001).
Printed in Germany
7 8 9   27 26 25

Weitere Informationen zu unseren Autor:innen und Titeln
finden Sie unter: www.beltz.de

1

DIENSTAG, 2. NOVEMBER,
11.55 UHR

Die Woodridge Academy, eine Privatschule in Heath Cliff im US-Bundesstaat Pennsylvania, war früher einmal das Zuhause von William Heath gewesen, der der Stadt ihren Namen gab. Inzwischen besuchten fast dreihundert Schüler das dreistöckige, aus schwarzen und braunen Ziegeln errichtete Gebäude, in dem William Heath von 1891 bis 1917 allein mit seiner Frau und seinen drei Töchtern gewohnt hatte.

Der Raum im dritten Stock, in dem man die fünfte Klasse von Tamaya Dhilwaddi untergebracht hatte, war einst das Kinderzimmer der jüngsten Tochter gewesen, der jetzige Kindergartenbereich hatte seinen Platz in den ehemaligen Ställen gefunden.

Die Schulkantine war früher ein prächtiger Ballsaal gewesen, wo elegant gekleidete Paare Champagner schlürften und zu den Klängen eines Orchesters tanzten. Noch immer hingen Kristalllüster von der Decke, doch inzwischen roch der Saal ständig nach abgestandenen Makkaroni in Käsesoße. Zweihundertneunundachtzig Schüler zwischen fünf und fünfzehn stopften sich dort ihre Münder mit Cheetos voll, machten die üblichen Popelwitze, verschüttetcn Milch und kreischten ohne ersichtlichen Grund.

Tamaya kreischte nicht, sondern schluckte nur leise und hielt sich die Hand vor den Mund.

»Er hat einen superlangen Bart«, sagte ein Junge, »total mit Blut besudelt.«

»Und null Zähne«, ergänzte ein anderer.

Die Jungen waren aus der Oberstufe. Tamaya war wahnsinnig aufgeregt, mit ihnen zu reden, auch wenn sie bisher noch keinen Ton herausgebracht hatte. Sie saß in der Mitte eines langen Tischs und aß mit ihren Freundinnen Monica, Hope und Summer zu Mittag. Das Bein von einem der älteren Jungen war nur Zentimeter von ihrem entfernt.

»Der Typ kann echt nicht sein eigenes Essen klein beißen«, sagte der erste Junge. »Deshalb müssen seine Hunde ihm alles vorkauen. Dann spucken sie's wieder aus und er nimmt es und schluckt's runter.«

»Ist ja eklig!«, schrie Monica, doch so, wie ihre Augen leuchteten, wusste Tamaya: Ihre beste Freundin war genauso aufgeregt wie sie selbst, von den älteren Jungs beachtet zu werden.

Die Jungs hatten den Mädchen von einem geistesgestörten Einsiedler erzählt, der angeblich im Wald hauste. Tamaya glaubte nicht die Hälfte von dem, was sie erzählten. Sie wusste, dass Jungen gern ihre Show abzogen. Trotzdem war es toll, sich davon begeistern zu lassen.

»Nur dass es nicht wirklich Hunde sind«, sagte der Junge, der neben Tamaya saß. »Es sind eher Wölfe! Groß und schwarz, mit riesigen Pranken und leuchtenden roten Augen.«

Tamaya schauderte.

Die Woodridge Academy war meilenweit von Wald und schroffen Bergen umgeben. Jeden Morgen lief Tamaya mit Marshall Walsh zusammen zur Schule, einem Jungen aus der Siebten, der drei Häuser entfernt auf der anderen Seite ihrer von Bäumen gesäumten Straße wohnte. Der Weg war fast drei Kilometer lang, wäre allerdings wesentlich kürzer gewesen, wenn sie nicht jedes Mal hätten außen um den Wald herumlaufen müssen.

»Und was isst er?«, fragte Summer.

Der Junge neben Tamaya zuckte mit den Schultern. »Was immer ihm seine Wölfe bringen«, antwortete er. »Eichhörnchen, Ratten, Menschen. Ist ihm egal, Hauptsache, es ist was Essbares!«

Der Junge nahm einen großen Bissen von seinem Thunfisch-Sandwich und machte den Einsiedler nach, indem er die Lippen schürzte, damit es aussah, als hätte er keine Zähne. Er klappte den Mund übertrieben weit auf, um Tamaya sein halb zerkautes Essen zu zeigen.

»Du bist so widerlich!«, schrie Summer, die auf der anderen Seite neben Tamaya saß.

Alle Jungen lachten.

Summer war die Schönste von Tamayas Freundinnen, mit strohblondem Haar und himmelblauen Augen. Tamaya nahm an, dass das wohl der Hauptgrund war, weshalb die Jungen mit ihnen redeten. Jungen benahmen sich immer bescheuert, wenn Summer dabei war.

Tamaya hatte dunkle Augen und dunkle Haare, die ihr nur halb über den Hals reichten. Früher waren sie wesentlich länger gewesen, aber drei Tage ehe die Schule wieder anfing, als sie noch in Philadelphia war, hatte sie die radikale Entscheidung getroffen, sie abzuschneiden. Ihr Dad hatte sie zu einem wahnsinnig noblen Friseur geschleppt, den er sich wahrscheinlich überhaupt nicht leisten konnte. Sobald die Haare ab waren, bekam sie gewaltige Zweifel, doch als sie nach Heath Cliff zurückkehrte, hatten ihre Freundinnen gemeint, sie sähe total erwachsen und stylish aus.

Ihre Eltern waren geschieden. Den Großteil des Sommers und während des Schuljahrs jeweils ein Wochenende im Monat verbrachte sie bei ihrem Dad. Philadelphia lag am anderen Ende von Pennsylvania, vierhundertfünfzig Kilometer entfernt. Wenn sie nach Heath Cliff zurückkam, hatte sie immer das Gefühl, während ihrer Abwesenheit etwas Wichtiges verpasst zu haben. Vielleicht war es ja nur irgendein Witz, über den ihre Freundinnen alle lachten, doch sie fühlte sich jedes Mal ausgeschlossen, und es brauchte eine Zeit, wieder so richtig dazuzugehören.

»Er war *so nah* dran, mich zu fressen«, sagte einer der Jungs, ein echt hart gesottener Typ mit kurzen schwarzen Haaren und vierschrötigem Gesicht. »*Ein* Wolf hat nach meinem Bein geschnappt, als ich gerade zurück über den Zaun wollte.«

Der Junge stand auf der Bank und zeigte den Mädchen sein Hosenbein als Beweis. Es war übersät mit Dreck, und

Tamaya sah ein kleines Loch direkt über seinen Turn-schuhen, aber das konnte von allem Möglichen stammen. Außerdem, überlegte sie, müsste das Loch eher hinten in der Hose sein, wenn er vor dem Wolf *weg*gelaufen war, und nicht vorn.

Der Junge starrte auf sie herunter. Er hatte blaue, stäh-lerne Augen, und Tamaya schien es, als ob er ihre Gedan-ken lesen könne und sie provozieren wolle, etwas zu sa-gen.

Sie schluckte, dann meinte sie: »Du darfst überhaupt nicht in den Wald.«

Der Junge lachte und plötzlich lachten die anderen Jungen alle mit.

»Was willst du dagegen tun?«, forderte er sie heraus. »Es Mrs Thaxton sagen?«

Sie spürte, wie sie rot wurde.

»Hör nicht auf sie«, sagte Hope. »Tamaya ist echt un-sere Superbrave. Die weicht nie vom rechten Weg ab.«

Die Worte trafen sie. Noch vor ein paar Sekunden hatte sie sich so richtig cool gefühlt, dass sie mit den älteren Jungen sprach. Doch jetzt starrten sie auf einmal alle an, als wenn sie irgendein Freak wäre.

Sie versuchte, die Situation mit einem Witz aufzufan-gen. »Wer weiß?«

Keiner lachte.

»Du bist echt hyperbrav«, sagte Monica.

Tamaya biss sich auf die Unterlippe. Sie verstand gar nicht, wieso das, was sie gesagt hatte, so verkehrt war. Monica und Summer hatten die Jungs *eklig* und *wider-*

wärtig genannt, aber das war offenbar völlig okay. Wenn überhaupt, machte es die Jungen höchstens noch an, dass die Mädchen sie für eklig und widerwärtig hielten.

Seit wann haben sich die Regeln geändert?, fragte sie sich. *Seit wann ist es schlimm, nicht vom rechten Weg abzuweichen?*

Auf der anderen Seite des Speisesaals saß Marshall Walsh mitten unter einem Haufen Leuten, die alle lachten und lauthals tönten. Links von ihm eine Gruppe, rechts von ihm eine andere. Und dazwischen aß Marshall allein und stumm vor sich hin.

2

SUNRAY FARM

In einem abgeschiedenen Tal, knapp sechzig Kilometer von der Woodridge Academy entfernt, lag die SunRay Farm. Dass es eine Farm war, sah man ihr nicht an. Es gab keine Tiere, keine grünen Weiden, keine Kornfelder – jedenfalls nichts, was groß genug wurde, um es mit bloßem Auge zu erkennen.

Stattdessen sah man – wenn man es an den bewaffneten Wärtern, dem Elektrozaun mit dem Stacheldrahtschutz obendrauf, den Sirenen und Überwachungskameras vorbei schaffte – Reihen um Reihen riesiger Speichertanks. Was man auch nicht sehen konnte, war das Geflecht aus Tunneln und unterirdischen Rohren, die die Speichertanks mit dem Hauptlabor verbanden, das sich ebenfalls unter der Erde befand.

So gut wie niemand in Heath Cliff wusste von der SunRay Farm, und ganz sicher nicht Tamaya und ihre Freundinnen. Die, die schon davon gehört hatten, hatten nur vage Vorstellungen, was dort geschah. Vielleicht war ihnen irgendwann mal das Wort Biolen zu Ohren gekommen, aber vermutlich wusste niemand genau, was sich dahinter verbarg.

Vor etwas mehr als einem Jahr – das heißt ungefähr ein Jahr bevor sich Tamaya die Haare abschneiden ließ und in die fünfte Klasse kam – hatte der Senatsausschuss für Energie und Umwelt eine Reihe von geheimen Anhörungen in Sachen SunRay Farm und Biolen abgehalten.

Die folgende Aussage ist ein Auszug aus diesen Untersuchungen:

SENATOR WRIGHT: Sie haben zwei Jahre bei SunRay Farm gearbeitet, ehe Sie entlassen wurden, ist das korrekt?

DR. MARC HUMBARD: Nein, das ist nicht korrekt. Ich bin nie entlassen worden.

SENATOR WRIGHT: Tut mir leid. Mir wurde gesagt –

DR. MARC HUMBARD: Also, es wurde vielleicht versucht, mich zu entlassen, aber da hatte ich bereits selbst schon gekündigt. Ich hatte es nur noch niemandem erzählt.

SENATOR FOOTE: Aber Sie arbeiten dort nicht mehr?

DR. MARC HUMBARD: Ich habe es keine Minute mehr länger mit Fitzy in einem Raum ausgehalten! Der Mann ist verrückt. Und wenn ich verrückt sage, dann meine ich absolut gaga.

SENATOR WRIGHT: Sprechen Sie von Jonathan Fitzman, dem Erfinder des Biolen?

DR. MARC HUMBARD: Alle halten ihn für eine Art Genie, aber wer hat denn die ganze Arbeit gemacht? Ich. Ich war das! Oder jedenfalls wäre ich es gewesen, wenn er mich nur gelassen hätte. Er ist im Labor auf und ab gelaufen und hat vor sich hin gemurmelt und mit den Armen gerudert. Für alle anderen war es unmöglich, sich dabei zu konzentrieren. Er sang! Und wenn man ihn bat, damit aufzuhören, schaute er einen an, als wenn man selbst verrückt wäre. Er war sich überhaupt nicht bewusst, dass er sang. Und dann, aus heiterem Himmel, schlug er sich gegen die Stirn und rief: »Nein, nein, nein!« Und plötzlich musste ich alles abbrechen, woran ich gearbeitet hatte, und wieder von vorn anfangen.

SENATOR WRIGHT: Ja, wir haben gehört, dass Mr Fitzman etwas ... exzentrisch sein kann.

SENATOR FOOTE: Was einer der Gründe ist, weshalb wir uns Sorgen machen wegen des Biolen. Ist Biolen tatsächlich eine realistische Alternative zu Benzin?

SENATOR WRIGHT: Unser Land braucht saubere Energie, aber ist Biolen auch sicher?

DR. MARC HUMBARD: Saubere Energie? Ist das die Bezeichnung, die man bei SunRay gewählt hat? Nichts ist sauber an Biolen. Es ist eine Vergewaltigung der Natur! Wollen Sie hören, was bei SunRay Farm gemacht wird? Wollen Sie es wirklich hören? Ich weiß es nämlich. Ich weiß Bescheid!

SENATOR FOOTE: Ja, wir wollen es hören. Deshalb haben wir Sie ja vor den Ausschuss bestellt, Mr Humbard.

DR. MARC HUMBARD: Doktor Humbard.

SENATOR FOOTE: Wie bitte?

DR. MARC HUMBARD: Es muss »Doktor Humbard« heißen, nicht »Mr Humbard«. Ich habe einen Doktor in Mikrobiologie.

SENATOR WRIGHT: Entschuldigung. Aber bitte erklären Sie uns, Dr. Humbard, inwieweit Sie das, was bei SunRay

Farm geschieht, für eine Vergewaltigung der Natur halten.

DR. MARC HUMBARD: Es wurde eine neue Form von Leben geschaffen, wie man sie noch nie gesehen hat.

SENATOR WRIGHT: Eine Art hochenergetisches Bakterium, soweit ich es verstehe. Das als Treibstoff genutzt werden soll.

DR. MARC HUMBARD: Kein Bakterium. Ein Schleimpilz. Die Leute werfen das immer durcheinander. Beide sind zwar mikroskopisch klein, aber sehr verschieden. Wir hatten mit einem einfachen Schleimpilz begonnen, doch Fitzy veränderte die DNA, um etwas Neues zu schaffen, einen Einzeller, wie er auf unserem Planeten völlig unnatürlich ist. SunRay züchtet jetzt solche künstlichen Mikroorganismen – winzige Frankenstein-Wesen –, um sie in Fahrzeugmotoren bei lebendigem Leibe zu verbrennen.

SENATOR FOOTE: Bei lebendigem Leibe zu verbrennen? Finden Sie das nicht ein bisschen hart, Dr. Humbard? Wir reden doch hier von Mikroben. Schließlich töte ich jedes Mal, wenn ich mir die Hände wasche oder meine Zähne putze, Hunderttausende von Bakterien.

DR. MARC HUMBARD: Nur weil sie klein sind, bedeutet das nicht, dass ihr Leben nicht lebenswert ist. Aber SunRay Farm schafft Leben einzig und allein zu dem Zweck, es gleich wieder zu zerstören.

SENATOR WRIGHT: Aber tun das nicht alle Farmer?

3

DIENSTAG, 2. NOVEMBER, 14.55 UHR

Nach der Schule wartete Tamaya an den Fahrradständern auf Marshall. Die Ständer waren leer. Die meisten Schüler der Woodridge Academy wohnten zu weit entfernt von der Schule, um mit dem Fahrrad zu fahren, und für die Privatschule gab es auch keine Busse. Eine lange Autoschlange erstreckte sich von der kreisförmigen Auffahrt die Woodbridge Lane entlang Richtung Richmond Road.

Während Tamaya den anderen Schülern beim Einsteigen und Wegfahren zusah, wünschte sie sich, dass sie auch abgeholt worden wäre. Ihr graute bereits vor dem langen Heimweg. Mit der schweren Schultasche voller Bücher kam er ihr noch viel länger vor.

Ihr Gesicht wurde immer noch rot vor Scham, wenn sie daran dachte, was im Speisesaal passiert war. Sie war sauer auf Hope für das, was sie gesagt hatte, und noch wütender war sie auf Monica, die angeblich ihre beste Freundin war und sich deshalb für sie hätte einsetzen müssen.

Sie war also die Superbrave, die nie vom rechten Weg abwich? *Na und?* Was war denn so verkehrt daran?

Darum ging es doch unter anderem in der Woodridge Academy, dass man den rechten Weg zu gehen lernte.

Die Schüler trugen Schuluniform: die Jungen Kakihosen und blaue Pullover, die Mädchen karierte Röcke und einen Pullover in Weinrot. Gleich unter dem Namen der Schule standen die Worte *Tugend und Tapferkeit*.

Neben Fächern wie Geschichte, Mathe und all diesem Zeug lernten die Schüler der Woodridge Academy auch, tugendhaft zu sein. Die Schule sollte ihnen beibringen, wie man ein anständiger Mensch wurde. In der zweiten Klasse hatte Tamaya eine Liste mit zehn Tugenden auswendig lernen müssen: Anstand, Besonnenheit, Demut, Geduld, Hilfsbereitschaft, Mitgefühl, Mut, Redlichkeit, Sauberkeit und Umsicht. In diesem Jahr lernte sie die Entsprechungen und ihre Gegenworte – Synonyme und Antonyme.

Aber wenn du tatsächlich versuchst, ein anständiger Mensch zu sein, überlegte Tamaya frustriert, reagieren plötzlich alle, als wärst du ein Freak.

Marshall kam aus dem Gebäude. Seine Haare waren zerzaust, und der Pullover, der total aus der Form gezerrt wirkte, hing irgendwie schief und krumm an ihm herab.

Tamaya winkte nicht. Er kam auf sie zu und ging, fast ohne sie anzusehen, an ihr vorbei.

Marshall hatte eine Regel. Im Umfeld der Schule wollte er nicht, dass sie sich wie Freunde verhielten. Sie waren einfach zwei Jugendliche, die nur deshalb zusammen zur Schule gingen, weil *sie es mussten*. Auf keinen Fall waren die beiden ein Paar, aber Marshall wollte auch um keinen Preis, dass das jemand denken könnte.

Tamaya war trotzdem überrascht, denn er nahm nicht

den üblichen Weg. Normalerweise liefen sie die Woodridge Lane hoch und bogen dann in die Richmond Road ein. Stattdessen wollte Marshall jetzt seitlich am Schulgebäude entlang.

Sie zog die Schultasche auf dem Rücken zurecht und folgte ihm.

»Wo willst du hin?«

»Nach Hause«, antwortete er, als ob sie eine wirklich sehr dumme Frage gestellt hätte.

»Aber –«

»Ich nehm eine Abkürzung«, fauchte er.

Das ergab keinen Sinn. Sie waren die ganzen letzten drei Jahre Tag für Tag immer denselben Weg gegangen. Wieso kannte er auf einmal eine Abkürzung?

Er lief weiter an der Seitenwand der Schule vorbei nach hinten. Marshall war größer als Tamaya und er ging schnell. Tamaya hatte Mühe, mitzuhalten. »Woher kennst du plötzlich eine Abkürzung?«, fragte sie.

Er blieb stehen und drehte sich um. »Ich kenn sie nicht *plötzlich*«, erklärte er. »Ich kenn sie schon, solange ich lebe.«

Auch das ergab keinen Sinn.

»Wenn du unbedingt den umständlichen Weg nach Hause nehmen willst, dann tu's doch«, fuhr Marshall fort. »Zwingt dich ja keiner, mir hinterherzulaufen.«

Das stimmte nicht ganz und er wusste das ganz genau. Ihre Mutter hatte Tamaya verboten, allein nach Hause zu laufen.

»Ich geh mit dir, okay?«, sagte Tamaya.

»Gut, aber dann hör auf, rumzunörgeln wie ein Baby«, antwortete Marshall.

Sie blieb bei ihm, als er den Asphaltweg überquerte und danach auf den Fußballplatz lief. Sie hatte doch überhaupt nichts getan, außer zu fragen, woher er die Abkürzung kannte, überlegte sie. Wieso war das babyhaft?

Marshall blickte immer wieder hinter sich. Jedes Mal, wenn er sich umdrehte, tat es Tamaya instinktiv auch, doch sie konnte nichts und niemanden entdecken.

Tamaya erinnerte sich noch an ihren ersten Tag auf der Woodridge. Sie war in die zweite Klasse gegangen, Marshall in die vierte. Er hatte ihr geholfen, ihr Klassenzimmer zu finden, ihr gezeigt, wo die Mädchentoiletten waren, und sie der Direktorin Mrs Thaxton vorgestellt. Die neue Schule war ihr wie ein riesiger, schauriger Ort vorgekommen und Marshall war ihr Lotse und Beschützer gewesen.

Während der ganzen Zeit in der zweiten, dritten und vierten Klasse war sie heimlich in ihn verliebt gewesen. Und vielleicht fühlte sie tief im Innern noch immer etwas für ihn, doch in letzter Zeit war er so ein Idiot geworden, dass sie nicht wusste, ob sie ihn wirklich noch mochte.

Hinter dem Fußballplatz führte ein holperiger Abhang zu dem Maschendrahtzaun, der das Schulgelände vom Wald trennte. Als sie sich dem Zaun näherten, spürte Tamaya, wie ihr Herz schneller schlug. Die Luft war kühl und feucht, doch ihre Kehle schien trocken und eng.

Erst vor ein paar Wochen hatte der Wald in leuchtenden Herbstfarben gestanden. Wenn sie aus dem Fenster ihrer Klasse im dritten Stock schaute, hatte sie jede Schattierung von Rot, Orange und Gelb sehen können – an manchen Tagen so lodernd, dass es wirkte, als stünde der ganze Berghang in Flammen. Doch jetzt waren die Farben verschwunden und die Bäume nur noch dunkel und unheimlich.

Sie wünschte sich, dass sie so mutig sein könnte wie Marshall. Nicht nur der Wald machte ihr Angst – und das, was vielleicht, vielleicht auch nicht darin lauerte. Viel mehr noch hatte sie schreckliche Angst, Probleme zu kriegen. Schon die Vorstellung, dass ein Lehrer sie anschrie, versetzte sie in Panik.

Sie wusste, dass andere Schüler ständig die Regeln brachen, ohne dass ihnen je etwas Schlimmes passierte. Schüler aus ihrer Klasse taten Dinge, die nicht in Ordnung waren, und ihre Lehrerin, Miss Filbert, ermahnte sie dann, so etwas nie wieder zu tun, doch schon am nächsten Tag waren sie erneut zugange und bekamen dennoch keine Probleme.

Trotzdem war sie sich sicher: Wenn sie in den Wald ging, dann würde ihnen etwas Schreckliches passieren. Mrs Thaxton würde es vielleicht herausfinden. Dann konnte sie von der Schule fliegen.

Eine Senke im felsigen Boden bildete eine Lücke unter dem Zaun, die groß genug war, um durchzukriechen. Tamaya sah Marshall zu, wie er seine Schultasche von den Schultern nahm und durch das Loch hindurchschob.

Auch sie nahm ihre Schultasche ab. Miss Filbert hatte einmal gesagt, dass Mut nichts anderes bedeute als so zu tun, als ob man keine Angst hätte. »Wenn ihr keine Angst habt, gibt es auch keinen Grund, Mut zu beweisen, oder?«

Tamaya tat so, als ob sie mutig wäre, und schob ihre Tasche durch die Lücke. Jetzt gab es kein Zurück mehr.

Na, wer ist denn jetzt superbrav?

Sie schlängelte sich unter dem Zaun hindurch, sorgsam bedacht, sich ja nicht mit ihrem Pullover an den Drähten zu verhaken.

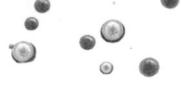

4

MARSHALL WALSH

Marshall Walsh war nicht so mutig, wie Tamaya glaubte.

Früher hatte er viele Freunde gehabt. Er hatte die Schule geliebt. In der Sechsten war er ins Schulorchester gegangen, und Mr Rowan, sein Musiklehrer, hatte ins Zeugnis geschrieben, dass er alles, was ihm an Talent fehle, durch seine Begeisterung wettmache.

Marshall spielt die Tuba mit Enthusiasmus.

Doch er begeisterte sich für nichts mehr. Jeder Tag brachte ihm nichts als weiteren Kummer, weitere Demütigungen. Und alles hatte mit einem neuen Jungen in seiner Klasse begonnen: Chad Hilligas.

Man ging aus zwei Gründen auf die Woodridge Academy. Entweder du warst richtig klug oder deine Eltern waren richtig reich. Tamaya war eine von den Klugen. Marshall lag so dazwischen. Seine Eltern waren nicht reich, aber beide hatten gute Jobs und hielten eine gute Ausbildung für extrem wichtig. Sie schraubten an anderen Stellen zurück, zum Beispiel beim Urlaub oder bei Restaurantbesuchen.

Der Grund, weshalb Chad Hilligas auf die Woodridge kam, war ein völlig anderer. Er war in den letzten zwei

Jahren von drei verschiedenen Schulen geflogen. Der Sozialbetreuer, dem sein Fall übertragen wurde, war der Meinung, wenn Chad in eine positivere Umgebung käme und gezwungen wäre, eine Schuluniform zu tragen, dann würde er bestimmt aufhören, ständig zu streiten, und ein gewissenhafterer und motivierterer Schüler werden. Wenn seine Eltern nicht eingewilligt hätten, den Aufenthalt an der Woodridge Academy zu finanzieren, wäre er wahrscheinlich in einer Jugendstrafanstalt auf die Schule gegangen.

Also hatte Chad im September mit allen anderen das Schuljahr begonnen. Die Jungs in Marshalls Klasse hatten Ehrfurcht vor ihm. Selbst die Mädchen fühlten sich von ihm angezogen, auch wenn er ihnen ein bisschen Angst machte. Und in den ersten paar Wochen war Marshall mitten dabei gewesen, hatte Chad an den Lippen gehangen, bei jedem Wort, das er sagte, zustimmend genickt und über jeden Witz lauthals gelacht.

Die meisten Leute hatten Angst, von der Schule zu fliegen. Chad prahlte damit.

»In der Vierten hat mir die Lehrerin das Leben zur Hölle gemacht, deshalb hab ich sie irgendwann im Schrank eingesperrt.«

»Und was hat sie mit dir gemacht, als sie wieder rauskam?«

»Nichts. Sie ist immer noch drin.«

Marshall hatte mit den andern gelacht. Chad behauptete, er wäre von fünf Schulen geflogen, nicht bloß von dreien. Ständig kam er mit neuen Geschichten, was er angeblich getan hatte. Je mehr er in Schwierigkeiten geraten war, desto tiefer schien ihn jeder zu bewundern.

Marshall erinnerte sich noch an den Moment, als sich Chad plötzlich gegen ihn stellte. Chad hatte von der Zeit erzählt, als er angeblich auf einem Motorrad zur Schule gefahren war.

»Hat dich irgendwer gesehen?«, fragte Gavin.

»Klar, alle haben's gesehen«, antwortete Chad. »Ich bin voll die Treppe hoch und dann rein in das Zimmer vom Schuldirektor!«

»Niemals!«, rief Marshall.

Chad verstummte und drehte sich zu Marshall um.

»Willst du behaupten, ich lüge?«

Alle wurden auf einmal ganz still.

Marshall hatte es überhaupt nicht so gemeint. Genauso gut hätte er »Wahnsinn!« rufen können.

»Nein.«

»Ihr habt es alle gehört«, sagte Chad. »Er hat mich als Lügner beschimpft. Ist sonst noch jemand der Meinung, ich lüge?«

Marshall versuchte zu erklären, aber Chad vernichtete seine dürren Worte mit einem bösen, eiskalten Blick.

Den Rest des Tages schien dieser Blick Marshall überallhin zu folgen, egal, was er tat. Und aus irgendeinem Grund, der Marshall nicht einsehbar schien, wandten sich langsam, aber sicher auch alle anderen Schüler gegen ihn.

»Auf welcher Seite« steht ihr eigentlich?«, fragte Chad. »Entweder ihr haltet zu mir oder ihr haltet zu diesem Arschgesicht da.«

Zuerst versuchte Marshall so zu tun, als ob nichts wäre. Er ging auf die Gruppe seiner Freunde zu und probierte, mitzumachen bei dem, was sie gerade taten, doch ein einziger Blick von Chad genügte, um ihn mit vor Scham gesenktem Kopf wieder fortzuschicken.

Höhnisches Geflüster folgte ihm, wo immer er ging, verbunden mit nicht sehr zufälligen Schubsereien auf den Gängen. Er bekam Angst, im Unterricht etwas zu sagen. Seine Noten verschlechterten sich. Oft, wenn sie eine Klassenarbeit schrieben, spürte er Chads Blick im Rücken und konnte nicht mehr klar denken.

In den meisten Schulen, in denen die Schüler der siebten Klasse jede Stunde in einen anderen Raum wechselten, hätten Marshall und Chad vielleicht nur ein oder zwei Stunden am Tag zusammen gehabt. Doch an der Woodridge gab es bloß einundvierzig Siebtklässler, und es war Marshalls Pech, dass Chad die ganze Zeit da war, mit Ausnahme der letzten Stunde: Latein.

Marshall hatte einen Bruder und eine Schwester, sie waren vier Jahre alt und Zwillinge. Selbst als er noch Freunde besaß und immer mit allem Möglichen beschäftigt war, hatte er, wenn nötig, ohne zu maulen auf die beiden aufgepasst. Daniela und Eric spielten gern, dass sie Löwen in einem Zirkus wären. Sie kletterten auf die Barhocker in der Küche und brüllten. Marshall war dann ihr Löwenbändiger.

Seit er seine Freunde verloren hatte, wollte Marshall aber nicht mehr mit den Zwillingen spielen. Er fühlte sich dabei wie ein Loser. Wenn ihn die Eltern auf seine schlechten Noten ansprachen, gab er Daniela und Eric die Schuld. »Wie soll ich lernen, wenn die beiden ständig in der Gegend rumbrüllen?«

Mit Tamaya war es genau das Gleiche. Alle hackten in der Schule auf ihm rum, und nun ließ er es an der einzigen Person aus, die nett zu ihm war. Er hörte, wie er ihr gemeine Dinge an den Kopf warf, und hasste sich dafür, doch er konnte es einfach nicht ändern.

So schlimm es in letzter Zeit für Marshall gewesen war, heute war alles *noch* schlimmer geworden. Er hatte im Unterricht eine Frage beantwortet, nachdem Chad unmittelbar vorher die falsche Antwort gegeben hatte.

Nach der Stunde, als er gerade auf dem Weg die Treppe hinauf zum Lateinunterricht war, packte ihn Chad von hinten und stieß ihn gegen das Geländer.

»Hör zu, Arschgesicht, wir müssen das ein für alle Mal klären.«

»Was klären?«, fragte Marshall.

»Nach der Schule an der Ecke Woodridge/Richmond Road«, erklärte ihm Chad. »Und wehe, du kommst nicht, du feiger kleiner Windelkacker.«

Marshall und Tamaya liefen jedes Mal auf dem Heimweg an der besagten Ecke vorbei. Sie waren drei Jahre lang immer denselben Weg gegangen. Doch heute kannte er auf einmal eine Abkürzung.

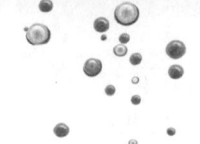

5

DIENSTAG, 2. NOVEMBER,
15.18 UHR

Als Tamaya die andere Seite des Zauns erreichte, war Marshall bereits zwischen den Bäumen verschwunden. Sie schnappte sich ihre Schultasche und schob, während sie hinter ihm herhetzte, die Arme zwischen den Gurten durch. Als sie einem niedrigen Ast auswich, sah sie Marshall, wie er gerade über einen kleinen Steinhügel kletterte. »Warte!«, rief sie.

Wieder verschwand er aus ihrem Blick.

Als sie selbst über den Hügel kraxelte, stieß sie mit dem Knie gegen einen der Steinbrocken. Marshall blieb auf der anderen Seite stehen, die Hände in die Hüften gestemmt und mit ärgerlichem Gesicht. »Was nützt mir eine Abkürzung, wenn ich ständig warten muss, dass du hinterhergeschlichen kommst?«

»Ich schleich überhaupt nicht«, widersprach ihm Tamaya.

»Also los, dann beeil dich«, antwortete Marshall, drehte sich um und lief wieder los.

Während sie einem schmalen Weg folgten, der sich zwischen den Bäumen hindurchschlängelte, blieb sie dicht hinter ihm. Die Nacht zuvor hatte es geregnet und nasse

Blätter blieben an ihren Turnschuhen kleben. Überall um sie herum fielen weitere Blätter. Eins hier, eins da, schwebten sie leise zu Boden.

Sie mussten irgendeine Biegung verpasst haben, denn nach einer Weile wurde Tamaya klar, dass sie nicht mehr auf einem Weg oder Pfad liefen. Sie musste sich durch verschlungene Äste kämpfen und danach über ein dichtes Geflecht aus Dornengestrüpp steigen.

»Findest du nicht, wir sollten zurückgehen?«, schlug sie vor.

Marshalls Antwort war kurz und eindeutig. »Nein.«

Tamaya spielte die Mutige. Jedes kleinste Geräusch ließ aber ihr Herz rasen. Sie duckte sich auf Hände und Knie und kroch unter einem sehr niedrigen Ast durch. »Ist das die Abkürzung?«, fragte sie, als sie sich wieder aufrichtete.

Marshall antwortete nicht. Er lief einfach weiter.

Ihr Strumpf war zerrissen und ihr Rock mit Erde beschmiert. Sie wusste nicht, wie sie das ihrer Mutter erklären sollte. Etwas, das sie überhaupt nicht konnte, war lügen. Sie würde ihre Mutter niemals anlügen.

Damals, als sie in die erste Klasse ging, hatten sich ihre Eltern scheiden lassen. Zu der Zeit lebten sie noch in einer Wohnung in Philadelphia. Es war eine andere als die, in der ihr Dad jetzt wohnte.

Schon damals hatten alle davon geredet, wie klug sie sei, was sie überraschte, weil es nichts war, worüber sie groß nachdachte. Sie war, wie sie war, und nichts weiter. Sie hatte einen Eignungstext geschrieben, und danach war sie mit ihrer Mutter nach Heath Cliff gezogen, damit sie auf die Woodridge Academy gehen konnte.

Das Einzige, was sie nicht begriff, waren ihre Eltern. Sie verstand nicht, wieso sie sich getrennt hatten und warum sie nicht einfach wieder zusammenzogen. Nach der Scheidung hatte ihre Mutter lange Zeit ziemlich traurig gewirkt. Und während ihres letzten Besuchs bei ihrem Vater hatte der zu Tamaya gesagt: »Weißt du, ich liebe deine Mutter immer noch sehr. Das wird sich auch niemals ändern.« Doch als sie die Worte bei ihrer Rückkehr nach Heath Cliff wiederholte und vorschlug, sie sollten wieder zusammenleben, wurde ihre Mutter schon wieder ganz traurig.

»Das wird nie passieren«, erklärte sie.

Selbst jetzt, während sich Tamaya zu Tode ängstigte, dass Marshall und sie sich *für immer* im Wald verliefen, musste sie daran denken, dass ihre Eltern sie vielleicht, wenn sie sich wirklich verirrte, *gemeinsam* suchen würden.

Sie malte sich gerade aus, wie es wohl sein würde, wenn sie sie fanden, und wie sie sich alle drei in den Armen lägen, als plötzlich direkt vor ihr ein kleines Tier forthuschte.

Tamaya blieb stehen. »Was war das?«, fragte sie Marshall.

»Was war was?«

»Hast du das nicht gesehen?« Sie überlegte, ob es ein Fuchs gewesen sein könnte. »Irgendein Tier ist mir praktisch über den Fuß gelaufen!«

»Und?«

»Nichts und«, murmelte sie. Sie verstand nicht, wieso Marshall so gemein zu ihr war.

Sie kamen an einen alten toten Baum, der am Boden lag. Der größte Teil der Rinde war verrottet. Marshall kletterte auf den Stamm und schaute sich um. »Hmmm«, murmelte er. Er schaute zurück in die Richtung, aus der sie gekommen waren.

»Haben wir uns verlaufen?«, fragte Tamaya.

»Nein«, beharrte Marshall. »Ich muss mich nur orientieren.«

»Du hast doch gesagt, du kennst die Abkürzung!«

»Kenn ich auch«, antwortete er. »Ich muss nur die Stelle finden, wo sie losgeht. Sobald ich den Ausgangspunkt hab, sind wir, schnipp, zu Hause.« Und er schnippte wie zum Beweis mit dem Finger.

Marshall sprang wieder von dem Stamm herunter. »Hier lang!«, erklärte er, als ob er plötzlich genau wüsste, in welche Richtung er gehen musste.

Tamaya lief um den Baum herum und folgte ihm. Sie hatte gar keine andere Wahl.

Sie liefen einen Berghang hinab, bis sie in eine Art Hohlweg kamen, dann folgten sie dem engen Pfad aufwärts. Die Schultasche auf Tamayas Rücken wurde mit jedem Schritt schwerer. Immer wieder hatte sie das Gefühl, hinter sich irgendwas oder -wen zu hören, doch wenn sie sich umdrehte, war niemand da.

Marshall machte weiter Tempo. Immer wieder musste sie rennen, um ihn einzuholen, lag aber kurz darauf erneut zurück. Mit jedem Mal wurde es schwerer, aufzuholen.

Völlig außer Atem sah sie, wie er hinter einer Wegbiegung verschwand. Sie verlagerte das Gewicht der Tasche, nahm alle Kraft zusammen, die sie noch besaß, und lief hinter ihm her.

Irgendwas packte sie von hinten. Sie spürte, wie ihr Pullover um den Hals herum zusammengezogen wurde und sie würgte.

Sie wand sich los und schrie, als sie hinfiel. Im Fallen schaute sie hoch, doch es war niemand da – kein geistesgestörter Einsiedler, kein blutfleckiger Bart, bloß ein Ast mit spitzen Zweigen.

Marshall kam den Weg zurückgerannt. »Bist du okay?«

Sie war mehr verlegen als sonst was. »Bin bloß hingefallen«, antwortete sie.

Sie begriff, dass sich ihr Pullover wohl nur an dem Ast verhakt hatte. Das war alles.

Marshall sah weiter auf sie herab. »Tut mir echt leid, Tamaya«, sagte er schließlich.

Er wirkte jetzt ernsthaft besorgt.

»Ich hab oben am Hang einen Felssturz gesehen«, erklärte er ihr. »Du wartest hier. Ich kletter da jetzt mal rauf. Ich denke, von dort oben hat man einen guten Blick.«

»Lass mich nicht allein«, flehte sie.

»Mach ich nicht. Versprochen.«

Er nahm seine Tasche von der Schulter und stellte sie neben Tamaya. »Bin gleich wieder da.«

Sie sah, wie er von Neuem den Berg hochlief und hinter der Biegung verschwand. Sie nahm ihre Tasche vom Rücken und stellte sie neben seine. Sie war zu erschöpft, um Marshall zu folgen.

Sie zog den Pullover aus, um nachzuschauen, wie sehr er kaputt war. Es war schlimmer, als sie gedacht hatte. Direkt über der rechten Schulter hatte er ein Loch, fast so groß wie ihre Faust. Sie wusste wirklich nicht, wie sie das ihrer Mutter erklären sollte.

Auch wenn sie ein Vollstipendium für Woodbridge bekommen hatte, musste ihre Mutter trotzdem die Schuluniform bezahlen. Der Pullover hatte dreiundneunzig Dollar gekostet. Das war nicht fair.

Sie würde das zwar nie vor ihren Freundinnen zugeben, doch sie liebte ihre Uniform. Monica, Hope und Summer fanden, dass sie darin bescheuert aussahen. Sie konnten endlos darüber reden, was sie am letzten Freitag eines jeden Monats anziehen würden, wenn sie endlich wieder »richtige Sachen« tragen durften. Aber Tamaya war jedes Mal stolz, wenn sie den Pullover mit den Worten *Tugend und Tapferkeit* in Goldschrift und der Jahreszahl 1924 drauf anzog. Er schien ihr Bedeutung zu geben, als ob sie ein Teil von so etwas Großem wie Geschichte wäre.

Während sie darüber nachdachte, merkte sie plötzlich, wie sie die ganze Zeit auf einen großen Tümpel starrte, der aus einer Art schlierenbedecktem Schlamm zu bestehen schien. Anfangs registrierte ihr Gehirn ihn fast gar nicht, doch je länger sie auf den seltsam wirkenden Schlamm starrte, desto stärker zog er ihre Aufmerksamkeit an.

Der Schlamm war dunkel und teerartig. Direkt über der Oberfläche, fast so, als ob er in der Luft festhinge, lag ein gelblich brauner schleimiger Schaum.

Und noch etwas anderes an dem schlierigen Schlamm fiel ihr auf, auch wenn es einen Moment dauerte, ehe sie begriff, was es war. Es lagen überhaupt keine Blätter auf der Oberfläche. Überall sonst gab es herabgefallene Blätter. Sie umgaben den ganzen Schlammteich bis unmittelbar an den Rand, doch aus irgendeinem Grund waren auf dem Teich selbst keine Blätter gelandet.

Sie schaute zurück, den Berg hinauf. Von Marshall war immer noch nichts zu sehen.

Ihr Blick richtete sich wieder auf den schlierigen Schlamm. Vielleicht, überlegte sie, waren die Blätter eingesunken, doch der Schlamm wirkte viel zu dick, als dass ein Blatt hätte einsinken können. Sie fragte sich, ob der schleimige Schaum die Blätter irgendwie zur Seite trieb.

Etwas knackte von unten. Sie drehte sich zu dem Geräusch um und hörte es wieder. Irgendetwas bewegte sich zwischen den Bäumen.

Sie stützte sich auf ein Bein, bereit loszurennen, doch dann sah sie kurz etwas, das einen blauen Pullover und eine Kakihose trug. Es war die Schuluniform für die Jungen.

Sie stand auf und wedelte mit den Armen. »Hey!«, schrie sie.

Die Gestalt blieb stehen.

»Hierher!«, rief sie.

Als er auf sie zukam, erkannte sie ihn als den Jungen,

der im Speisesaal neben ihr gesessen hatte. Es war der, der auf der Bank gestanden und behauptet hatte, ein Wolf hätte ihm ein Loch ins Hosenbein gebissen. Sie war sich nicht sicher, doch sie glaubte, sein Name war Chad.

Sie schaute wieder den Berg hoch und schrie: »Marshall! Marshall, wir sind gerettet!«

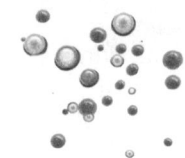

6

DAS ERGIE

Das Folgende ist ein weiterer Auszug aus den geheimen Anhörungen in Sachen SunRay Farm:

SENATOR WRIGHT: Wenn ich Sie richtig verstehe, haben Sie das Biolen schon während Ihres Studiums erfunden?

JONATHAN FITZMAN: Na ja, nicht ganz. Ich bekam eine Drei minus für mein Referat über die Idee mit dem Ergie. Also verließ ich die Uni und arbeitete dann in der Garage meiner Eltern weiter daran. Sie waren nicht gerade begeistert, wenn Sie verstehen, was ich meine.

SENATOR WRIGHT: Würden Sie bitte versuchen, nicht so stark mit den Armen zu rudern, während Sie unsere Fragen beantworten?

JONATHAN FITZMAN: Habe ich mit den Armen gerudert? Entschuldigung. Ich habe Probleme damit, lange still zu sitzen. Wenn ich mich bewege, kann ich besser nachdenken.

SENATOR WRIGHT: Und was genau ist dieses *Ergie*, das Sie erfunden haben?

JONATHAN FITZMAN: *(lacht)* So nenn ich den kleinen Kerl bloß. Es ist die Kurzform für »Ergonym«. Das ist ein einzelliger, hochenergetischer Mikroorganismus. Sehr stark! Der absolute Wahnsinn. Ich habe ein Tattoo von so einem Ergie auf meinem Arm. Wenn Sie mal sehen wollen, wie es aussieht. Ist eine genaue Kopie.

SENATOR FOOTE: Ich sehe überhaupt nichts.

SENATOR MARCH: Ich auch nicht.

JONATHAN FITZMAN: Nun ja, wie ich schon sagte, es ist eine genaue Kopie. *(lacht)* Das kleinste Tattoo der Welt. *(lacht)* Sie brauchen ein Elektronenmikroskop, um es zu sehen!

SENATOR WRIGHT: Und in jedem Liter Biolen stecken mehr als eine Million dieser Ergies?

JONATHAN FITZMAN: Eine Million? Versuchen Sie's mal mit Billionen. Oder Billiarden. Oder was weiß ich, was danach kommt. Trillionen! Zillionen!

SENATOR WRIGHT: Versuchen Sie, Ihre Arme im Zaum zu halten, Mr Fitzman.

JONATHAN FITZMAN: Entschuldigung. Ich habe in meinem Büro nicht mal einen Stuhl an meinem Schreibtisch. Muss mich ständig bewegen.

SENATOR FOOTE: Dann arbeiten Sie also nicht mehr in der Garage Ihrer Eltern?

JONATHAN FITZMAN: Nein, ich habe jetzt dieses Wahnsinnslabor. Mein Biologie-Professor mag ja nicht viel von diesem Ergie gehalten haben, aber andere Leute schon. Einige, die sehr, sehr viel Geld haben.

SENATOR FOOTE: Wie viel kostet es SunRay Farm, einen Liter Biolen zu produzieren?

JONATHAN FITZMAN: Ich bin nicht der große Geschäftsmann. Ich bin – wie sagt man? – der, der sich alles ausdenkt und Lösungen findet, wie man so etwas hinkriegt. Aber ich würde mal sagen, der erste Liter hat uns um die fünfhundert Millionen Dollar gekostet.

SENATOR WRIGHT: Fünfhundert Millionen Dollar. Und der zweite Liter?

JONATHAN FITZMAN: Ungefähr neunzehn Cent.

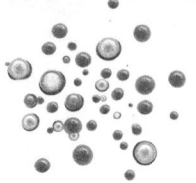

7

DIENSTAG, 2. NOVEMBER,
16.10 UHR

»Pass auf, dass du da nicht reintrittst«, warnte Tamaya, als Chad Hilligas um den Tümpel herumkam. »Was glaubst du, was das komische schlierige Zeug ist?«

Sie hätte es genauso gut in einer Fremdsprache sagen können, so wie Chad sie ansah. Er spuckte auf den Boden, dann schaute er ihr in die Augen und fragte: »Wo ist Marshall?«

Seine Stimme klang hässlich, aber Chad war ihre einzige Hoffnung, deshalb musste sie freundlich bleiben. »Er klettert auf die Felskante und versucht, den Weg nach Hause zu finden. Wir haben uns verlaufen. Als ich dich kommen hörte, hab ich zuerst gedacht, du bist dieser verrückte Einsiedler, von dem du erzählt hast, aber dann hab ich deinen blauen Pullover gesehen, da ...« Sie zuckte lächelnd mit den Schultern.

Chad spuckte wieder auf den Boden, dann lief er an ihr vorbei und folgte dem Weg, den Marshall gegangen war. Als Marshall um die Wegbiegung kam, blieb er stehen.

Marshall zögerte nur eine Sekunde, als er ihn sah, dann lief er weiter den Weg hinab, als ob nichts wäre. »Hi, Chad«, sagte er.

Tamaya spürte, dass irgendetwas nicht stimmte. Sie hörte es in Marshalls Stimme.

»Ich hab auf dich gewartet«, sagte Chad.

»Ich weiß«, antwortete Marshall. »Ich war auch schon auf dem Weg, aber dann hat Tamaya gemeint, sie wüsste eine Abkürzung durch den Wald. Was sollte ich machen? Ich muss sie nach Hause bringen.«

»Meine Mom lässt mich nicht allein nach Hause laufen«, erklärte Tamaya.

Chad warf einen Blick zu ihr rüber, dann drehte er sich wieder zu Marshall um. »Machst du das extra, mich rumstehen und auf dich warten lassen, damit ich mir wie ein Idiot vorkomm?«

»Nein.«

Chad trat auf ihn zu, dann stieß er ihn nach hinten. »Du hältst mich für einen Idioten, stimmt's?«

Marshall fand sein Gleichgewicht wieder. »Nein.«

Wie wild geworden stürzte sich Chad plötzlich auf ihn. Er schlug ihm ins Gesicht und danach seitlich gegen den Hals.

Tamaya schrie auf.

Marshall versuchte sich zu schützen, aber Chad verpasste ihm zwei weitere Schläge, dann packte er ihn am Kopf und warf ihn zu Boden.

»Lass ihn in Ruhe!«, schrie Tamaya.

Chad starrte sie an. »Du bist die Nächste, Tamaya«, sagte er.

Marshall versuchte aufzustehen, doch Chads Knie traf ihn seitlich am Kopf und stieß ihn zurück.

Tamaya dachte nicht lange nach. Sie reagierte einfach bloß noch.

Sie fasste in den schlierigen Schlamm und nahm eine Handvoll von dem schweren, zähflüssigen Zeug. Dann rannte sie auf Chad zu, und als er sich umdrehte, schmiss sie ihm das Zeug ins Gesicht.

Er stürzte sich auf sie, doch Tamaya war zu schnell und trat einen Schritt zur Seite.

Chad taumelte an ihr vorbei, dann beugte er sich nach vorn und bedeckte sein Gesicht mit den Händen.

Für einen Moment konnte sich Tamaya vor Angst nicht rühren.

Marshall rappelte sich hoch, schnappte sich beide Taschen und schrie: »Renn!«

Tamaya rannte so schnell sie konnte und so lange, wie sie es aushielt, bis sie glaubte, dass ihre Lunge platzte. Sie hatte keine Ahnung, ob Marshall den Weg nach Hause gefunden hatte oder ob sie noch tiefer in den Wald liefen. Es war ihr egal, Hauptsache, weg von Chad.

Sie rannte noch immer, als sich ihr Fuß plötzlich in einem Gewirr aus Schlingpflanzen verfing, und als Nächstes wusste sie nur noch, dass sie, platsch, auf der Erde lag. Ihr Herz pochte und ihre Hände schmerzten vom Sturz. Sie holte ein paarmal tief Luft und versuchte aufzustehen, doch sie hatte einfach keine Kraft mehr.

Tamaya hatte Angst, hinter sich zu schauen.

Marshall war stehen geblieben, als er sie stürzen hörte. Sie sah, wie er zu ihr zurückkam, noch immer die beiden Taschen in seinen Händen. An der Art, wie er ging, erkannte sie, dass Chad nicht sehr nah sein konnte. Sie drehte sich um. Chad war nirgends zu sehen.

Als Marshall herankam, stemmte sie sich hoch und setzte sich auf.

»Bist du okay?«

»Glaub schon.«

Ihre Knie waren verschrammt und blutig, und ihr linkes Handgelenk schmerzte vom Sturz, aber ansonsten schien alles weitgehend in Ordnung. Abgesehen davon ging es Marshall viel schlechter. Rotz und Blut hingen ihm verkrustet unter der Nase. Schweiß tropfte ihm vom Gesicht.

»Glaubst du, er kommt noch?«, fragte sie ihn.

»Keine Ahnung. Aber wenn nicht heute, dann morgen.«

Tamaya wusste, dass das stimmte. Chads Worte hallten noch in ihrem Schädel. »Du bist die Nächste, Tamaya.« Und das war gewesen, bevor sie ihm den Schlamm ins Gesicht geknallt hatte.

Sie stand wieder auf und nahm Marshall ihre Tasche ab. Sie gingen weiter in die Richtung, in die sie fortgerannt waren.

»Ist das der Weg?«, fragte sie. »Hast du von der Felskante aus etwas sehen können?«

»Nicht wirklich«, antwortete Marshall.

»Was hast du ihm eigentlich getan, dass er so wütend ist?«

»Ich hab im Unterricht eine Frage beantwortet.«

Tamaya verstand nicht. »Ja, und?«

»In der Siebten läuft das anders. Du darfst nicht so tun, als ob du was weißt.«

Der Himmel verdunkelte sich langsam. Tamaya hatte Angst, dass sie bald nichts mehr sehen würden.

»Schau mal, Rauch!«, rief Marshall plötzlich.

»Wo?«

»Das ist Rauch aus einem Schornstein«, erklärte er ihr.

Sie versuchte der Richtung zu folgen, in die er zeigte. Dann sah sie es auch. Grauer Rauch vor einem grauen Himmel.

Sie liefen darauf zu, obwohl der Rauch nach allem, was Tamaya gehört hatte, auch aus dem Haus des geistesgestörten Einsiedlers kommen konnte. Sie stellte sich vor, wie sie als Hänsel und Gretel zum Haus der Hexe gingen.

Doch als sie sich dem Ursprung des Rauchs näherten, sahen sie, dass es nicht ein allein stehendes Haus, sondern eine ganze Straße mit vielen Häusern, parkenden Autos und Rasen im Vorgarten war.

Tamaya stieg über eine Eisenbarriere auf die Straße. Sie hatte das Gefühl, als müsste sie auf die Knie fallen und den Asphalt küssen, aber wahrscheinlich hätte Marshall das für bescheuert gehalten.

Sie warf einen Blick nach hinten und sah ein Straßenschild, auf dem SACKGASSE stand.

Während sie sich von dem Wald entfernten, gingen plötzlich die Straßenlaternen an. Tamaya machte den Vorschlag, irgendwo an einer Haustür zu klopfen, ob sie nicht jemand nach Hause fahren könnte, aber Marshall meinte, das müssten sie nicht. Er kannte den Weg jetzt. Es war nicht sehr weit.

Tamayas rechte Hand fing an zu kribbeln und sie rieb

mit der andern dagegen. Es tat nicht richtig weh. Ihre Haut fühlte sich nur irgendwie prickelig an, wie eine gerade geöffnete Flasche Sprudel.

$$2 \times 1 = 2$$
$$2 \times 2 = 4$$

8

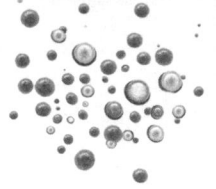

EIN KLEINES ERGONYM

Das Folgende ist ein weiterer Auszug aus Jonathan Fitzmans Aussage während der geheimen Senatsanhörung:

SENATOR MARCH: Entschuldigen Sie, Mr Fitzman, aber es fällt mir schwer, das Ganze zu verstehen. Sie haben gesagt, in jedem Liter Biolen sind mehr als eine Billion Ergonyme.

JONATHAN FITZMAN: Viel mehr.

SENATOR MARCH: Das sind künstlich erzeugte Organismen, richtig? Anders gefragt, wie war es Ihnen denn möglich, so viele herzustellen?

JONATHAN FITZMAN: *(lacht)* Sie haben recht. Das wäre unmöglich. Ich musste nur eines herstellen.

SENATOR MARCH: Das verstehe ich nicht.

JONATHAN FITZMAN: Ein Ergonym mit der Fähigkeit, sich zu vermehren. Das war der schwierigste Teil. Deshalb hat es so lange gedauert. Die ersten paar Ergies, die ich entwickelt habe, waren nicht fähig, den Prozess der Zellteilung zu überleben. Die armen kleinen Kerlchen explodierten jedes Mal.

SENATOR MARCH: Was meinen Sie mit explodieren?

JONATHAN FITZMAN: *Kawumm.* *(lacht)* Im Labor können wir die Darstellungen aus dem Elektronenmikroskop beobachten, indem wir sie auf einen riesigen Computerbildschirm projizieren. Ist echt cool. Jedes Mal, wenn eines meiner Ergies das Stadium der Zellteilung erreichte – *kawumm!* –, sah es danach aus wie am amerikanischen Unabhängigkeitstag.

SENATOR WRIGHT: Aber wenn ich Sie recht verstehe, ist es Ihnen irgendwann gelungen, ein Ergonym zu entwickeln, das nicht explodierte?

JONATHAN FITZMAN: Das perfekte Ergonym. Es hat zweieinhalb Jahre und fünfhundert Millionen Dollar gekostet, doch wir haben es geschafft. Ein kleines Ergie. Und sechsunddreißig Minuten später hatten wir zwei. Das zweite war eine exakte Kopie des ersten. Und sechsunddreißig Minuten später waren es vier. Dann acht. Dann sechzehn. Alle sechsunddreißig Minuten. Der Bestand verdoppelt sich einfach immer weiter.

SENATOR MARCH: Trotzdem, um die Billionen Ergies zu erzeugen, die Sie für einen Liter Biolen brauchen, würde es Jahre dauern.

JONATHAN FITZMAN: Überhaupt nicht. Rechnen sie doch mal nach. In zwölf Stunden hatten wir mehr als eine Million von den kleinen Kerlchen und am nächsten Nachmittag über eine Billion. *(singt) Ein kleines, zwei kleine, drei kleine Ergies. Vier kleine, fünf kleine, sechs kleine Ergies.*

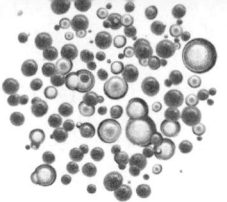

9

DIENSTAG, 2. NOVEMBER, 17.48 UHR

Unkraut und Grasbüschel drangen durch die Fugen des Bürgersteigs. Tamaya überquerte die Straße, seufzte und ging dann die Stufen zu ihrer Veranda hoch. Die mittlere Stufe bewegte sich unter ihrem Fuß. Marshalls dämliche Abkürzung war schuld daran, dass sie zwei Stunden zu spät nach Hause kam. Natürlich war ihr klar, dass es nie eine Abkürzung gegeben hatte, aber das war ja das Bescheuertste an der ganzen Geschichte. Wenn er Angst vor Chad hatte, wäre es doch viel sicherer gewesen, normale Straßen zu gehen, wo es viele Menschen und Autos gab.

Ihr Haus war dunkel. Ihre Mutter arbeitete gelegentlich länger, und Tamaya hoffte inständig, dass ausgerechnet heute so ein Tag war.

Sie trug ihren Hausschlüssel an einer Kette um den Hals, doch als sie nach ihm fasste, spürte sie nur die Kette. In Panik riss sie so fest daran, dass sie beinahe gerissen wäre. Erst als sie die Kette Stück für Stück um den Hals drehte, fand sie den Schlüssel.

Erleichtert stieß sie einen Seufzer aus. Irgendwie hatte sich der Schlüssel nach hinten verdreht. Aber sie wusste, damit waren ihre Probleme noch nicht gelöst.

Sie schloss die Tür auf. »Hallo?«, rief sie, als sie sie aufstieß. »Bin wieder da!«

Keine Antwort. So weit, so gut. Keine Fragen, keine Lügen.

Tamaya schaltete überall Licht an, während sie eilig durchs Haus lief zu ihrem Zimmer. Die Zimmer waren klein und jedes in kräftigen, leuchtenden Farben gestrichen; die Küche in Rot und Blau, das Wohnzimmer gelb, der Flur grün. Tamayas Zimmer war türkis mit einer gelben Schranktür und gelbem Fensterrahmen. Sie warf die Schultasche auf den Boden und sank auf ihr Bett, doch nur ganz kurz.

Ihre rechte Hand kribbelte immer noch. Sie ging ins Bad und untersuchte sie im Licht. Kleine rote Pusteln waren über Handfläche und Finger verstreut.

Sie wusch die Hände mit antibakterieller Seife und heißem Wasser – so heiß, wie es nur ging. Und für den Dreck und das Blut an Armen und Beinen benutzte sie einen Waschlappen.

Gerade als sie ein Pflaster auf ihr Knie kleben wollte, klingelte das Telefon. Sie überlegte, ob ihre Mutter womöglich schon mehrfach versucht hatte, sie zu erreichen. Tamaya lief in ihr Zimmer und ging an den Apparat, kurz bevor er zum vierten Mal läutete.

»Hallo?«

»Hi, Schätzchen. Tut mir leid, dass ich noch nicht zu Hause bin.«

»Kein Problem«, antwortete sie. Und ein Schuldgefühl jagte ihr durch die Adern.

»Was hältst du von Pizza?«

»Klingt gut.«

»Alles in Ordnung?«

»Ja, mir geht's gut«, sagte Tamaya und gab sich Mühe, normal zu klingen.

»Mit Pilzen, Peperoni und Zwiebeln?«

»Keine Zwiebeln.«

»Dann sag ich, sie sollen die Zwiebeln einfach auf meine Hälfte tun.«

Tamaya widersprach nicht, obwohl sie wusste, dass ihre Hälfte dann trotzdem zwiebelig schmecken würde.

»Ich komm so schnell ich kann. Bis gleich.«

»Ja, bis gleich«, sagte Tamaya. Sie wartete, bis sie das Klicken am anderen Ende der Leitung hörte, dann legte sie auf.

Danach klebte sie das Pflaster aufs Knie und dann ging sie zurück in ihr Zimmer, zog ihre dreckigen Sachen aus und den Flanellschlafanzug über. Eigentlich konnte das ihrer Mutter nicht merkwürdig vorkommen, überlegte sie. Jetzt, da die Nächte kälter wurden, zogen sie beide gern ihre weichen, kuscheligen Schlafanzüge an, wenn auch gewöhnlich erst *nach* dem Abendbrot. Dann tranken sie heißen Apfelsaft und schauten zusammen fern oder – was in letzter Zeit häufiger der Fall war – arbeiteten nebeneinander auf dem Sofa an ihren Sachen.

Sie nahm ihre schmutzigen Kleidungsstücke und trug sie in die Wäscheecke.

Es war auch nicht merkwürdig, wenn Tamaya ihre Wäsche selbst wusch. Sie machte das öfter, seitdem sie im letzten Jahr das weinrote Lieblingsoberteil für Monicas Geburtstagsparty gebraucht hatte. Einmal, als Marshall und seine Mutter bei ihnen waren, hatte Tamayas Mum gesagt: »Ich fürchte, wenn meine Tochter warten würde, bis ich ihre Sachen wasche, müsste sie nackt zur Schule.«

Tamaya war es so peinlich gewesen, als ihre Mutter das sagte – noch dazu vor Marshall –, dass sie in ihr Zimmer rannte und nicht mehr herauskam, bis seine Mom und er weg waren. Selbst jetzt, als sie daran dachte, wurde sie immer noch rot.

Sie stopfte ihre dreckigen Sachen in die Maschine, füllte Waschpulver ein, schaltete auf die richtige Temperatur und stellte sie an. Während sie auf das Rauschen des Wassers hörte, überlegte sie, dass sie womöglich so etwas Ähnliches empfand wie ein Mörder, der erfolgreich alle Beweise vernichtet hatte.

Ihre rechte Hand kribbelte immer noch wie verrückt. Sie ging in das Bad ihrer Mutter und wühlte in den Schubladen und Schränken herum, ohne richtig zu wissen, wonach sie suchte. Sie fand ein blaues Töpfchen mit etwas, das sich »regenerierende Handcreme« nannte. Auf dem Etikett stand, dass sie für trockene, aufgeplatzte und entzündete Haut geeignet sei.

Tamaya schraubte den Deckel ab und senkte ihren Finger in die kreideweiße Heilsalbe. Sie schmierte sie über die ganzen pusteligen Flecken. Das Zeug kühlte und beruhigte ihre Haut. Die Salbe schien fast sofort zu helfen. Die Pusteln wirkten nicht mehr so rot und das Kribbeln war nicht mehr so schlimm.

Von draußen hörte sie das Klacken und Brummen, mit dem das Garagentor aufging. Ihre Mutter war da.

$$2 \times 4 = 8$$
$$2 \times 8 = 16$$

Sie stellte die Pizza ab, küsste Tamaya auf die Wange und sagte: »Greif zu. Ich will nur noch schnell eine E-Mail beantworten.«

Die Pizzaschachtel roch stark nach Zwiebeln. Tamaya musste erst ein paar Irrläufer entfernen, bevor sie sich ein Stück von ihrer Seite auf den Teller legen konnte. Das ging nur mit links, um nichts von der regenerierenden Handcreme auf ihr Essen zu kriegen.

Aus einer E-Mail wurden sechs, aber das war für Tamaya okay. Je mehr ihre Mutter mit Arbeit zugeschüttet war, desto weniger Fragen konnte sie Tamaya stellen.

Ihre Mutter hatte, während sie ihre E-Mails durchlas, Salat gemacht. Sie machte nur selten eine Sache allein.

»Und, hat Miss Filbert dein Referat gefallen?«, fragte sie, während sie den Salat auf den Tisch stellte.

»War keine Zeit mehr«, erklärte Tamaya. »Bis zu meinem ist sie gar nicht gekommen.«

»Das ist ja schade«, antwortete ihre Mutter. »Du hast so viel dran gearbeitet.«

Die Haare und Augen ihrer Mutter waren dunkel wie Tamayas, aber dafür hatte sie eine hellere Haut. Sie liebte farbenfrohe Kleidung. Der grüne Lidschatten passte zu ihrer Bluse.

Tamaya zuckte mit den Schultern. »Ich halt's morgen. Für Calvin Coolidge interessiert sich sowieso kein Mensch.«

Tamaya hätte wesentlich lieber über einen anderen US-Präsidenten geschrieben, doch bis Miss Filbert sie angesprochen hatte, waren die guten Präsidenten schon alle weg.

Das war typisch. Tamaya hatte still dagesessen und die Hand gehoben, aber dann hatte jemand anderes gerufen: »Ich will Lincoln«, und danach wollte jemand Washington. Miss Filbert hatte die Präsidenten denen gegeben, die lautstark riefen, obwohl sie vorher noch gemeint hatte: »Bleibt sitzen und wartet, bis ich euch drannehme.«

Es war Miss Filbert, die Calvin Coolidge vorgeschlagen hatte, als Tamaya endlich an die Reihe kam. »Er war in vieler Hinsicht wie du, Tamaya«, hatte sie gesagt. »Man hat ihn den ›stillen Cal‹ genannt, weil er dafür bekannt war, sehr still zu sein.«

Miss Filbert hatte »still« gesagt, als wäre es irgendein anomales Verhalten. *Sie haben doch gesagt, wir sollen sitzen bleiben und warten, bis Sie uns drannehmen*, hatte Tamaya gedacht.

Nach dem Essen arbeiteten Tamaya und ihre Mutter nebeneinander auf dem Wohnzimmersofa. Der Fernseher lief, aber sie schauten kaum hin. Ihre Mutter hatte den Laptop auf ihren Knien, Tamayas Schulheft mit dem Referat lag auf dem Tisch neben dem Geschichtsbuch.

Es war nicht erlaubt, einfach alles im Internet nachzuschauen. Tablets und Smartphones waren an der Woodridge Academy verboten. Mrs Thaxton, die Direktorin, wollte, dass ihre Schüler auf klassische Weise lernten. Selbst Taschenrechner waren untersagt.

Plötzlich schaute ihre Mutter vom Laptop hoch und fragte, ob Tamaya nach dem Essen die Hände gewaschen habe. »Du hast noch Pizzasoße an den Fingern.«

Tamaya schaute auf ihre Hand. Es war keine Pizzasoße. Trotz der Handcreme von ihrer Mutter waren die roten Pusteln wieder da. Sie waren größer als vorher und es schienen mehr geworden zu sein. Auch das Kribbeln war wiedergekommen, obwohl sie es bisher noch gar nicht so richtig gemerkt hatte.

Sie konnte es nicht länger vor ihrer Mutter verbergen. »Das ist keine Pizzasoße«, sagte sie. »Ich glaube, ich hab irgendeinen Ausschlag.«

Sie streckte die Hand aus.

Tamaya und ihre Mutter hatten dieselbe Angewohnheit, sich auf die Lippe zu beißen, wenn sie scharf nachdachten. Tamayas Mutter biss sich jetzt, als sie den Ausschlag betrachtete, ebenfalls auf die Lippe.

»Fühlt sich auch irgendwie komisch an«, sagte Tamaya.

»Weißt du, wo du dir den geholt hast?«

»Ich hab's nach der Schule gemerkt« war das Einzige, was Tamaya sagen konnte. Sie hatte Marshall versprochen, weder ihrer Mutter noch sonst wem vom Wald zu erzählen. »Ich hab was von deinem Zeug draufgeschmiert.«

»Von welchem Zeug?«

»Von der regenerierenden Handcreme. In so einem blauen Töpfchen.«

»Das ist gut«, sagte ihre Mutter. »Die nehm ich ständig. Wirkt wirklich Wunder.«

Tamaya war froh, das zu hören.

»Ich hab morgen früh eine Sitzung«, erklärte ihre Mutter, »aber wenn du willst, kann ich sie absagen und dich zu Dr. Sanchez fahren.«

»Nein, so schlimm ist es nicht«, antwortete Tamaya. »Bevor ich ins Bett geh, schmier ich noch mal deine Salbe drauf.«

»Wir können ja schauen, wie's morgen aussieht«, sagte ihre Mutter.

Später überlegte Tamaya, dass es vielleicht besser gewesen wäre, Ja zu sagen, als ihre Mutter ihr angeboten hatte, sie zu Dr. Sanchez zu fahren. Wenigstens hätte sie dann keine Angst haben müssen, dass ihr Chad auf dem Schulweg irgendwo auflauerte.

»Du bist die Nächste, Tamaya.«

Aber würde einer aus der Siebten tatsächlich ein Mädchen aus der Fünften verprügeln, wenn sämtliche Lehrer in der Nähe waren? Das bezweifelte sie. Er würde sie vielleicht stoßen und hinknallen lassen oder so, aber dann könnte sie wenigstens ihm die Schuld an dem kaputten Pullover geben. Dann mussten ihr seine Eltern einen neuen kaufen. In gewisser Weise war es ja auch wirklich so. Wenn Chad nicht gewesen wäre, hätte ihr Pullover kein Loch abbekommen.

Noch einmal untersuchte sie das Loch. Sie hatte versucht, ein paar von den Fäden wieder zusammenzuknüpfen, und entschieden, dass man das Loch vielleicht gar nicht so deutlich sah.

Tamaya hatte noch einen anderen Grund, weshalb sie am nächsten Morgen nicht zum Arzt wollte. Es war etwas, das sie vor ihren Freundinnen niemals zugeben würde.

Sie hatte noch nie in der Schule gefehlt. Am Ende eines jeden Schuljahrs hatte sie eine Urkunde bekommen, dass sie jeden Tag anwesend gewesen war. Inzwischen bedeuteten ihr diese Urkunden nicht mehr ganz so viel wie in der zweiten und dritten Klasse, aber noch immer hasste sie es, ihr makelloses Ergebnis zu verderben.

Bevor sie ins Bett ging, betete sie noch so wie jeden Abend, und diesmal schloss sie Chad Hilligas in ihr Gebet ein. Sie bat Gott, Chad zu helfen, das Gute zu finden, das in seinem Herzen steckte.

$$2 \times 16 = 32$$
$$2 \times 32 = 64$$

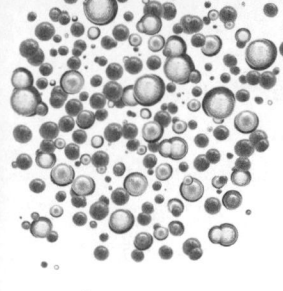

10

MITTWOCH, 3. NOVEMBER, 2.26 UHR

Tamaya schlief. Marshall nicht. Wie sehr ihn Chad auch gequält hatte, er selbst quälte sich noch viel mehr.

Er lag im Bett und versuchte verzweifelt einzuschlafen. Er wusste, dass er ausgeschlafen sein musste, wenn er sich mit Chad einlassen wollte. Aber der Schlaf kommt selten zu dem, der ihn verzweifelt sucht. Man kann nur sanft in ihn hinübergleiten.

Marshall hatte Ärger gekriegt, weil er so spät nach Hause gekommen war. Er hätte auf die Zwillinge aufpassen sollen, und weil er nicht da war, hatte sein Vater früher von der Arbeit kommen müssen.

»Die einzige Möglichkeit, wie wir es uns leisten können, dich weiter auf die Woodridge zu schicken, ist, dass wirklich jeder seinen Teil dazu beiträgt«, hatte ihn sein Vater erinnert.

»Gut. Dann geh ich eben auf eine andere Schule«, hatte Marshall geantwortet. »Ich hasse den Kasten.«

Das Ganze ergab für Marshall keinen Sinn. Wenn sich seine Eltern die Schule nicht leisten konnten und er es dort hasste, wieso durfte er dann nicht auf eine andere? Aber das Argument hatte seine Eltern nur noch wütender gemacht. Und dann, als er zurück in sein Zimmer wollte, war er aus Versehen auch noch auf die Nilpferdsiedlung der Zwillinge getreten, was zu weiteren Schreiereien geführt hatte.

»Du kannst froh sein, dass ich nicht auf dich draufgetrampelt bin!«, hatte Daniela zu ihm gesagt.

An dem ganzen Desaster waren nur seine Eltern schuld, entschied Marshall. Sein Geburtstag war am 29. September. Als er vier wurde, hatten seine Eltern eine Entscheidung treffen müssen: Entweder konnte er als einer der Jüngsten seines Jahrgangs in den Kindergarten oder er musste ein ganzes Jahr warten und wäre dann einer der Ältesten gewesen. Wenn sie gewartet hätten, wäre er jetzt älter, größer und stärker und Chad Hilligas überhaupt nicht in seiner Klasse.

»Wie viele Abgeordnete hat der amerikanische Senat?« Das war die Frage, die Mr Davison Chad gestellt hatte.

»Neunundzwanzig?«, hatte Chad geraten.

Andy war es gewesen, der gelacht hatte, nicht Marshall. »Wie sollen es denn nur neunundzwanzig Senatoren sein?«, hatte Andy klargestellt. »Es gibt doch fünfzig Bundesstaaten!«

Aber dann hatte Mr Davison gesagt: »Marshall, erklärst du Chad freundlicherweise, wie viele Abgeordnete im Senat sitzen?«

In dem Moment hatte Marshall gewusst, dass er erledigt war. Er hatte überlegt, eine falsche Antwort zu geben, und vielleicht hätte er es auch wirklich besser getan, doch wer weiß? Wenn er etwas wie »achtundzwanzig« oder

»eine Million« gesagt hätte, wär das bei Chad womöglich so angekommen, als ob er sich über ihn lustig machte.

Stattdessen hatte Marshall auf seinen Schreibtisch gestarrt und ganz leise geantwortet: »Hundert, glaube ich.«

Nur wenig später hatte ihn Chad fast die Treppe hinuntergestoßen. »Wir müssen das ein für alle Mal klären. Und wehe, du kommst nicht, du feiger kleiner Windelkacker!«

Jetzt, als Marshall um halb drei Uhr morgens hellwach in seinem Zimmer lag, versuchte er sich einzureden, dass Chad ja vielleicht Ruhe geben würde, nachdem er ihn im Wald zusammengeschlagen hatte. Sie hatten es doch nun *ein für alle Mal* geklärt.

Aber er wusste, dass eher das Gegenteil zutreffen würde. Jetzt, wo Chad Blut geleckt hatte, würde er wiederkommen und mehr fordern. Und er würde auch hinter Tamaya her sein.

Marshall malte sich aus, wie Tamaya und er zusammen zur Schule gehen. Sie mault gerade über Monica oder über Calvin Coolidge oder über sonst wen, als Chad sie plötzlich an den Haaren packt, herumreißt und ihr ins Gesicht schlägt!

»Lass sie in Ruhe!«, schreit Marshall.

Tamaya liegt am Boden und weint. Chad will gerade erneut zuschlagen, doch Marshall fasst seinen Arm. »Ich hab gesagt, du sollst sie in Ruhe lassen, Arschgesicht!«

Chad stößt ihn. Er stößt Chad zurück. Eine Meute läuft zusammen.

Chad kommt mit voller Wucht an, schlägt wie wild

zu, aber Marshall weicht nicht vom Fleck, sondern duckt sich und schlägt zurück.

Zuerst hört Marshall, wie alle Chad anfeuern, doch im Laufe des Kampfes hört er auch, wie einige seiner früheren Freunde ihn unterstützen. *»Gib's ihm, Marshall!«* *»Du schaffst ihn, Marshall!«*

Und dann ...

Während Marshall versuchte einzuschlafen, stellte er sich das Ende des Kampfs auf verschiedene Arten vor. Mal war er der Sieger und Chad lag blutend und fertig am Boden und flehte um Gnade. Dann wieder gewann Chad, aber erst nach einer langen, hart umkämpften Schlacht.

Er malte sich aus, wie er selbst auf dem Bürgersteig liegt und sich kaum noch rühren kann. Zwei schöne Mädchen aus seiner Klasse, Andrea Gall und Laura Musscrantz, knien neben ihm und sagen, während sie ihm mit feuchten Papiertüchern das Blut aus dem Gesicht tupfen, wie mutig er gewesen ist. Laura küsst ihn auf die Wange.

Doch schon in dem Moment, als er es sich ausmalte, wusste er, dass es niemals so sein würde.

Wenn Chad Tamaya angriff, konnte er bestenfalls hoffen, dass irgendein Lehrer dazwischenging, bevor Tamaya allzu schwer verletzt wurde. Dann würde Chad vielleicht von der Schule fliegen, und danach möglicherweise, wenn Chad eine Weile fort war, würden die anderen Schüler ihn, Marshall, wieder mögen.

Das war das Beste, worauf er hoffen konnte, und er hasste sich dafür, denn er wusste, es war die erbärmliche Hoffnung eines Feiglings.

11

SCHWUPPS!

Auszug aus den geheimen Senatsanhörungen:

SENATOR HALTINGS: Natürlich setzen wir alle große Hoffnung in eine nicht umweltverschmutzende, wenig kostspielige Alternative zum Benzin. Aber meine große Sorge ist, Mr Fitzman, was passieren wird, wenn sich ihre künstlich erzeugten Ergonyme mit der natürlichen Umwelt vermischen. Wie werden sie die Pflanzen- und Tierwelt beeinflussen? Und schließlich unser menschliches Leben? Wir wissen es einfach nicht.

JONATHAN FITZMAN: Das hab ich abgesichert.

SENATOR HALTINGS: Je kleiner etwas ist, desto schwieriger wird es, das Ding unter Kontrolle zu halten. Einen Tiger oder Bären können Sie in einen Käfig sperren, aber einen winzigen Mikroorganismus am Fliehen zu hindern, ist etwas völlig anderes.

JONATHAN FITZMAN: Kein Problem.

SENATOR HALTINGS: Wenn Sie sich durchsetzen, werden die Menschen überall von Miami bis Seattle an den Tankstellen Autos mit Biolen füllen. Tanklaster werden Biolen durchs Land transportieren. Tropfen werden verschüttet. Unfälle werden passieren. Und dann?

JONATHAN FITZMAN: Hören Sie, Sie verstehen das alles falsch und bringen es vollkommen durcheinander. Sie sind besorgt, dass sich Ergonyme freisetzen, doch in Wirklichkeit ist es genau umgekehrt. Ich versuche mein Möglichstes, die Außenwelt daran zu hindern, einzudringen.

SENATOR HALTINGS: Ich weiß nicht, ob ich darin einen Unterschied sehen kann.

JONATHAN FITZMAN: Ergonyme können in Sauerstoff nicht überleben. Setzen Sie ein Ergie Sauerstoff aus, dann schwupps!

SENATOR HALTINGS: Schwupps was?

JONATHAN FITZMAN: Es zerfällt. Schwupps und weg. Sie müssen sich keine Sorgen machen, dass Ergies in die Luft entweichen. Bei SunRay Farm mussten wir spezielle vakuumverschlossene Schläuche und Tanks bauen, um die Luft draußen zu halten.

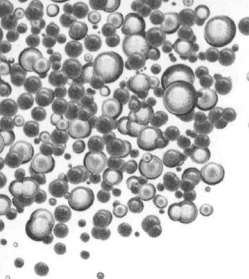

12

MITTWOCH, 3. NOVEMBER, 7.08 UHR

Tamaya wachte von ihrem Lieblingssong auf. Kühle Luft drang durch das Fenster, das sie absichtlich einen Spalt offen gelassen hatte, was die Wärme der Bettdecke noch viel wohliger erscheinen ließ.

Die Musik spielte jeden Morgen um 7.08 Uhr, weil die Acht ihre Lieblingszahl und Monicas Lieblingszahl die Sieben war. Monica, ihre beste Freundin, wachte jeden Morgen genau zu derselben Zeit auf.

Tamayas Gedanken glitten zurück in das letzte Jahr. Hinten in dem Raum für die vierte Klasse hatte es einen riesigen alten Kamin gegeben. Ihre Lehrerin hatte ihn mit Kissen gefüllt, und wenn die Schüler fertig waren mit ihrer Arbeit, durften sie sich in den Kamin setzen und lesen. Der Kamin war so groß, dass darin mindestens vier Kinder Platz hatten, und Monica und sie waren gewöhnlich immer die Ersten gewesen, die sich dorthin zurückzogen, nebeneinandersaßen, ihre Bücher lasen und versuchten nicht zu kichern.

Während Tamaya an diese Geschichte dachte, kroch langsam eine wachsende Angst in ihre Erinnerung. Das Bild des Kamins verlor sich hinter dem Wald, dem zerrissenen Pullover und Chad. Seine kalten Augen starrten sie an, während er zu ihr sagte: »Du bist die Nächste, Tamaya.«

Ihre Hand kribbelte. Sie zog sie unter der Decke hervor, um nachzuschauen. Zuerst dachte sie, der Ausschlag wäre verschwunden, doch als sich ihre Augen ans Licht gewöhnt hatten, sah sie, dass die roten Pusteln noch da waren, überzogen von einer Art pulverigen Kruste.

Auch auf dem Kissen lag Pulver, und als sie die Decke zurückschlug, entdeckte sie es überall im Bett. Es hatte eine rosalich-bronzeartige Farbe, die gleiche Farbe wie ihre Haut.

Sie sprang aus dem Bett und rannte ins Bad.

Das Pulver ließ sich leicht abwaschen, doch der Ausschlag hatte sich weiter ausgebreitet. Rote Pusteln überzogen jetzt die ganze Hand und setzten sich auf dem Handgelenk fort. Einige Pusteln hatten sich in Bläschen verwandelt.

Als sie sich im Spiegel ansah, entdeckte sie eine krustige Stelle auf der rechten Hälfte ihres Gesichts. Sie spritzte die Stelle nass und rieb dann die ganze Wange gründlich mit Waschlappen, Seife und sehr heißem Wasser sauber.

Auf dem Gesicht schien es keine Pusteln zu geben. Es wirkte ein bisschen gerötet, aber das konnte auch am festen Reiben mit dem Waschlappen liegen.

Das Töpfchen ihrer Mutter mit der Wunderheilsalbe stand in Tamayas Bad. In der vergangenen Nacht hatte sie ein bisschen davon auf jede Pustel getupft und danach vorsichtig eingerieben. Jetzt ging sie aufs Ganze. Sie tauchte ihre Finger tief in die weiße Creme und nahm einen großen Klecks von dem Zeug aus dem Töpfchen, dann schmierte sie es sich dick auf die gesamte Fläche.

Danach kehrte sie in ihr Zimmer zurück, wickelte das ganze Bettzeug zusammen, steckte es in die Waschmaschine und stellte die Temperatur auf heiß.

»Willst du *jetzt* deine Bettwäsche waschen?«

Tamaya wirbelte herum.

Ihre Mutter war bereits fertig angezogen und trug ein preiselbeerfarbenes Kostüm. Ihr Lidschatten hatte den gleichen Ton wie das Kostüm.

»Wegen dem Ausschlag«, erklärte ihr Tamaya. »Damit er sich nicht ausbreitet.«

»Zeig mal.«

Tamaya hielt ihr die Hand hin.

»Sieht schon ein bisschen besser aus, finde ich«, sagte ihre Mutter.

Tamaya wusste, es lag nur daran, dass sie die Stellen gerade mit der Handsalbe eingerieben hatte, doch sie sagte nichts. Der Atem ihrer Mutter roch nach Zahnpasta und Kaffee.

»Weißt du was?«, ergänzte ihre Mutter. »Sag Marshall, ich hol euch heute gleich nach dem Unterricht ab. Ich kann ihn auch nach Hause bringen, wenn er will, aber danach fahren wir zu Dr. Sanchez.«

Tamaya nickte, froh, dass ihr Ausschlag behandelt würde.

$$2 \times 64 = 128$$
$$2 \times 128 = 256$$

Sie hängte sich ihre Schultasche um und schob die Gurte so hin, dass sie das Loch im Pullover bedeckten, dann lief sie schnell durchs Haus und zur Tür hinaus, ehe ihre Mutter sie noch mal genauer anschauen konnte. Sie wusste immer noch nicht, wie sie das Loch erklären sollte.

Sie erreichte Marshalls Haus genau in dem Moment, als er herauskam. Er hatte eine alte Brille auf.

Im Laufe des Sommers hatte er eigentlich auf Kontaktlinsen gewechselt. Die Brille gefiel ihr besser. Sie fand, ohne Brille wirkte sein Gesicht irgendwie leer.

»Heute mit Brille?«, fragte sie.

Er zuckte mit den Schultern. »Hab im Wald meine Kontaktlinsen verloren.«

»Oh.«

In Gedanken konnte sie sehen, wie Chad ihm ins Gesicht schlug und die Linsen aus den Augen flogen, auch wenn ihr klar war, dass es so vielleicht gar nicht passiert war.

Sie entdeckte keine blauen Flecken in seinem Gesicht. Er wirkte nur müde und erschöpft, als wenn er sechs Tage lang nicht geschlafen hätte.

Er schlurfte beim Gehen mit den Füßen. Sonst musste sich Tamaya immer anstrengen, mit Marshall mitzuhalten, doch so langsam, wie sie jetzt den Bürgersteig entlangliefen, hatte sie wirklich Angst, dass sie zu spät kamen.

Das Kribbeln war inzwischen mehr zu einem Stechen

geworden. Es war, als ob ihr tausend winzige Nadeln in die Hand gejagt würden.

»Oh, meine Mom holt mich nach der Schule ab«, erklärte sie Marshall. »Sie fährt mich zum Arzt, weil ich anscheinend von irgendwas im Wald einen Ausschlag bekommen hab.«

Sie zeigte ihm ihre Hand, doch er sah kaum hin.

»Du hast ihr doch wohl nicht gesagt, dass wir da rein sind?«, fragte Marshall.

»Nein.«

»Weil wenn, dann säßen wir jetzt beide ganz schön in der –«

»Ich hab gesagt, nein.«

»Gut.«

»Wenn du willst, kann sie dich zu Hause absetzen.«

»Mir egal«, antwortete Marshall, aber sie wusste, dass er froh war, nach Hause gebracht zu werden, froh, vor Chad in Sicherheit zu sein.

Sie bogen in die Richmond Road. Auf der Straße herrschte dichter Morgenverkehr, und erneut dachte Tamaya, wie viel ungefährlicher es für Marshall gewesen wäre, wenn sie einfach den gewohnten Weg genommen hätten. Sie hätte sich kein Loch in ihren Pullover gerissen. Er hätte seine Kontaktlinsen nicht verloren. Und sie hätte wahrscheinlich auch keinen Ausschlag gekriegt, überlegte sie, auch wenn sie nicht sicher war, wodurch sie den eigentlich bekommen hatte.

Als sie nebeneinander am Wald entlangliefen, kehrte das Angstgefühl wieder zurück, das sie gespürt hatte, als sie gestern zu Hause das erste Mal aufgewacht war. Mit jedem Schritt schien es ein bisschen stärker zu werden.

Sie konnte gar nicht genau sagen, wovor sie Angst hatte. Eigentlich fand sie, dass sie sich überhaupt nicht so richtig vor Chad fürchtete, solange andere Leute in ihrer Nähe waren. Es war etwas anderes. Etwas Schlimmeres. Es war, als ob sie wüsste, dass etwas Schreckliches geschehen würde, aber die Angst war so stark, dass sie nicht darüber nachdenken konnte.

Sie erreichten die Woodridge Lane. »Hier hätte ich ihn treffen sollen«, sagte Marshall.

Zwischen Bürgersteig und Zaun lag ein Streifen Erde und Unkraut. Tamaya vermutete, dass Chad über den Zaun gestiegen und in den Wald marschiert war, als Marshall nicht auftauchte.

»Wenigstens wären hier auch noch andere gewesen«, sagte Tamaya. »Im Wald war alles viel schlimmer.«

»Erinner mich nicht dran.« Er trat gegen den Boden.

Tamaya hatte Mitleid mit ihm. Das Gefühl mochte sie eigentlich nicht. Viel lieber hätte sie so wie früher zu Marshall aufgeschaut.

»Chad ist einfach ein Vollidiot«, sagte sie.

»Er ist mir egal«, murmelte Marshall vor sich hin.

»Ein dämlicher Vollidiot!«, wiederholte sie laut genug, dass Chad, wenn er sich irgendwo in der Nähe versteckte, sie eindeutig hören musste.

Sie bogen in die Woodridge Lane ein. Der Wald säumte den Weg jetzt, als sie auf die Schule zuliefen, auf beiden Seiten.

Tamaya ging einen Schritt schneller. »Lass uns beeilen, damit wir nicht zu spät kommen«, sagte sie, aber Marshall hinkte weiter hinterher.

Sie lief immer schneller, und irgendwann fühlte sie, wie sie am liebsten losgerannt wäre. Es war nicht einfach bloß die Angst, zu spät zu kommen. Sie hatte Panik – auch wenn sie nicht wusste, wovor.

Als sie endlich die Schlange der Autos erreichte, die sich von der Schule zurückstaute, war sie ganz außer Atem. Erst da blieb sie stehen.

Sie hörte, wie jemand ihren Namen rief.

Merilee, Monicas kleine Schwester, hing halb aus dem Fenster des Mercedes ihrer Mutter und winkte.

Tamaya nahm ihre linke Hand, um zurückzuwinken. Die rechte versuchte sie zu verbergen. Sie wartete am Bordstein, bis Merilee und dann Monica ausstiegen.

»Wo warst du gestern?«, fragte Monica. »Ich hab die ganze Zeit versucht, dich anzurufen.«

Tamaya hätte Monica am liebsten die ganze Geschichte erzählt, traute sich aber nicht. Sie wusste, dass Monica es Hope erzählen würde, und dann würde es in der ganzen Schule rumgehen. »Keine Ahnung«, antwortete sie. »Ständig rein und raus.«

»Du musst dir mal endlich ein Handy zulegen«, drängte Monica sie.

»Handys sind in der Schule verboten«, erinnerte sie Tamaya.

»Aber nach der Schule kannst du's benutzen«, antwortete Monica.

»Ich bin auch ständig rein und raus«, sagte Merilee. »Und dann wieder rein und wieder raus.«

Monica sagte ihrer Schwester, sie solle die Klappe halten. »Du glaubst nicht, wen ich gestern gesehen hab«, erzählte sie Tamaya danach.

»Mr Beauchamps«, sagte Merilee.

»Halt die Klappe. *Ich* red mit Tamaya. Jawohl, Mr Beauchamps. Er ist direkt bei mir zu Hause vorbeigejoggt! Und als er mich sah, hat er gerufen: ›Bonjour, *Mademoiselle Monique.*‹ Ich schwör dir, ich bin fast ausgeflippt.«

Mr Beauchamps war ihr Französischlehrer.

»Du würdest nicht glauben, dass jemand mit Glatze so stark behaarte Beine haben kann.«

Tamaya zwang sich zu einem Lächeln.

Marshall war erleichtert, als er sah, wie Tamaya mit ihrer Freundin wohlbehalten und ohne ein Zeichen von Chad das Schulgebäude betrat. Er war sich nicht sicher, zu was er fähig gewesen wäre, wenn Chad sie angegriffen hätte. Ihm gefiel die Vorstellung, er hätte sie zu beschützen versucht, aber er wusste, dass er es wahrscheinlich nicht getan hätte.

Er erreichte den Haupteingang. Die siebte Klasse war im Untergeschoss einquartiert. Dort waren früher die Dienstbotenräume gewesen, doch alle auf der Schule nannten es nur den Kerker.

Für Marshall fühlte sich das Untergeschoss diesmal auch tatsächlich an wie ein Kerker. Er trottete weiter, die Treppe hinab, verurteilt, zu was auch immer an Folter und Elend ihn dort erwartete.

13

KATASTROPHENWARNUNG

Auszug aus den geheimen Senatsanhörungen:

PROFESSOR ALICE MAYFAIR: Als ich 1975 geboren wurde, gab es auf der Erde vier Milliarden Menschen. Das sind sehr viele. Vor hundert Jahren waren es noch weniger als zwei Milliarden. Aber heute, während ich vor diesem Gremium spreche, sind wir schon mehr als sieben Milliarden.

SENATOR FOOTE: Was hat das mit Biolen zu tun?

PROFESSOR ALICE MAYFAIR: Jeden Tag werden mehr als dreihunderttausend Kinder geboren. Tag für Tag. Jedes dieser Kinder braucht Essen, Wasser und Strom.

SENATOR FOOTE: Genau deshalb benötigt dieses Land Biolen.

SENATOR WRIGHT: Entschuldigen Sie, Frau Professor, ich war der Meinung, sie würden über mögliche Katastrophen sprechen, die sich ergeben könnten, wenn künstliche Organismen in unsere Umwelt gelangen. Für mich klingen Ihre Worte, als seien Sie *für* Biolen.

PROFESSOR ALICE MAYFAIR: Oh, es wird Katastrophen geben. Ob durch Biolen oder durch etwas anderes, wer weiß? Bis zum Jahr 2050 werden noch einmal zwei Milliarden Menschen mehr unseren Planeten bewohnen. Insgesamt also neun Milliarden!

SENATOR FOOTE: Was der Grund ist, weshalb wir Biolen unbedingt brauchen.

PROFESSOR ALICE MAYFAIR: Wenn wir nichts unternehmen, um das Wachstum der Weltbevölkerung zu kontrollieren, wird uns gar nichts helfen, Herr Senator. Nicht Biolen, nicht irgendwelche Super-Nutzpflanzen und Super-Dünger und auch keine Kolonien auf dem Mars.

SENATOR WRIGHT: Lassen Sie mich das noch einmal klarstellen. Sie wollen, dass wir Menschen davon abhalten, zu viele Kinder zu zeugen – überall auf der Welt?

PROFESSOR ALICE MAYFAIR: Ja.

SENATOR MARCH: *(lacht)* Ich fürchte, das übersteigt ein bisschen die Kompetenzen dieses Gremiums.

14

MITTWOCH, 3. NOVEMBER, 9.40 UHR

Montags, mittwochs und freitags mussten die Schüler der Klasse von Miss Filbert einen Aufsatz schreiben. Manchmal ließ sie ihnen freie Hand, worüber sie schreiben wollten, aber meistens gab sie ihnen ein Thema.

Tamaya war das lieber. Es war seltsam, aber wenn sie schreiben konnte, worüber sie wollte, fiel es ihr schwer, etwas zu finden.

Fast alle andern maulten und stöhnten jedes Mal, wenn sie das Thema hörten, egal, wie es lautete. Manche klagten einfach bloß gern.

Heute schrieb Miss Filbert das Thema erst an die Tafel, dann las sie es vor.

»Wie man einen Luftballon aufbläst.«

Zu dem Gemaule und Gestöhne kamen diesmal noch etliche *Hä?* und *Was?*. Rings um Tamaya herum schossen die Hände nach oben.

»Versteh ich nicht«, sagte Jason, ohne die Hand zu heben. »Man steckt ihn in den Mund und bläst.«

»Ach, du meinst so?«, fragte Miss Filbert.

Tamaya schaute mit weit aufgerissenen Augen zu, wie ihre Lehrerin einen roten Luftballon nahm und ihn sich vollständig in den Mund schob. Miss Filbert holte tief Luft, dann blies sie und spuckte den Ballon auf den Boden.

Alle lachten, einschließlich Tamaya. Sie lächelte Hope an, die neben ihr saß, danach versuchte sie, Monicas Blick auf der anderen Seite des Gangs zu erhaschen. Monica schaute zurück und teilte ihr Staunen.

Miss Filbert kratzte sich am Kopf, als ob sie ganz verwirrt wäre. »Hat nicht funktioniert«, sagte sie.

»Nein, Sie dürfen ja auch nicht den ganzen Ballon in den Mund stecken«, sagte Jason, wieder ohne die Hand zu heben. »Nur ein Ende.«

Miss Filbert schlug sich gegen die Stirn. »Ach so, wieso hast du das denn nicht gleich gesagt?«

Sie nahm einen zweiten Luftballon, und diesmal schob sie sich nur ein Ende in den Mund – aber das falsche.

»Nein, das andere Ende!«, rief Monica.

Miss Filbert drehte den Ballon um.

»Und jetzt blasen«, sagte Monica.

Wieder spuckte Miss Filbert den Ballon auf den Boden.

Rings um Tamaya herum riefen die Schüler Anweisungen und versuchten, Miss Filbert zu erklären, was sie falsch machte. Andere wiederholten vor ihren Freunden, was sie gerade gesehen hatten, obwohl ihre Freunde es ja auch gesehen hatten.

Miss Filbert hob zwei Finger und wartete, bis sich alle wieder beruhigt hatten.

»Erzählt es mir nicht«, sagte sie. »*Schreibt es auf.* Tut so, als ob das, was ihr schreibt, von jemandem gelesen wird, der noch nie in seinem Leben einen Luftballon gesehen hat. Und der auch nicht gerade der Hellste ist.« Miss Filbert klopfte sich an die Schläfe, als wenn sie hören wollte, ob ihr Kopf hohl sei.

Tamaya lachte. In ihrem Schädel arbeitete es bereits, eine genaue Anleitung zu schreiben, wie man einen Luftballon aufbläst.

»Das heißt, eure Anleitungen müssen klar und präzise sein«, fuhr Miss Filbert fort. »Nachher könnt ihr sie dann vorlesen, und wir schauen mal, wie viele Ballons ich tatsächlich aufblasen kann.«

Die ewigen Nörgler maulten und stöhnten wieder, doch Tamaya war bereit, die Herausforderung anzunehmen. Sie schnappte sich ihren Bleistift, dachte einen Augenblick nach und schrieb dann:

Du fängst mit einem Ballon an, der völlig schlaff ist. Gefüllt werden soll er mit Luft aus deiner Lunge.

Der Rest der Klasse raunte noch immer darüber, wie ihre Lehrerin die Ballons ausgespuckt hatte.

Hope tippte Tamaya über den Gang hinweg auf die Schulter. »Was ist denn mit deinem Pullover passiert?«, flüsterte sie.

Tamaya sackte in sich zusammen. Sie hatte gehofft, dass das Loch nicht zu sehen war.

»Was meinst du?«, flüsterte sie zurück.

»Der ist ja total eingerissen.«

Tamaya zuckte mit den Schultern. »Na und?«, antwortete sie und versuchte zu demonstrieren, dass sie nicht das superbrave Mädchen war, für das Hope sie hielt.

Sie widmete sich wieder ihrem Heft, las noch einmal, was sie bisher geschrieben hatte, und schrieb dann weiter: *Schau nach dem Ende mit dem Loch.*

Nein, der Satz gefiel ihr nicht. Ein Loch war das Letzte, was man in einem Luftballon haben wollte! Bestimmt würde Miss Filbert mit einer Nadel hineinstechen, um ein Loch zu machen.

Sie überlegte, wie sie es anders sagen könnte. Das knubbelige runde Ding?

Sie versuchte auszuradieren, was sie geschrieben hatte, aber das machte nur einen hässlichen grauen Schmierfleck auf dem Papier. Tamayas Seiten sahen immer ganz sauber und ordentlich aus und sie hatte zudem eine wunderbare Handschrift. Sie versuchte, fester zu reiben, aber nicht so fest, dass die Seite einriss.

Ein roter Tropfen fiel auf den grauen Schmierfleck.

Anfangs war Tamaya mehr besorgt, dass ihr Heft ruiniert sein könnte, als alles andere. Doch als sie auf ihre Hand schaute, erschrak sie. Alles war von Blasen und Blut übersät.

Sie ließ den Bleistift fallen. Er rollte über das Heft und hinterließ eine rote Spur, dann rollte er weiter den Schreibtisch entlang und fiel zu Boden.

»Miss Filbert!«, rief Hope. »Tamaya blutet überall!«

$$2 \times 256 = 512$$
$$2 \times 512 = 1.024$$

15

UNTEN IM KERKER

Als Marshall in seine Klasse kam und sich auf seinen Platz setzte, war von Chad immer noch nichts zu sehen. Doch die Erleichterung verwandelte sich schnell in Panik. Jedes Mal, wenn er hörte, dass die Tür aufging, drehte er sich um. Er wusste, dass Chad jeden Moment hereingeschlakst kommen und allen erzählen würde, was im Wald passiert war, und dass Marshall eine Fünftklässlerin gebraucht hatte, die ihn beschützte.

Selbst nachdem der Unterricht angefangen hatte und Chad immer noch nicht da war, nahm die Angst nicht ab. Während der gesamten Morgenansage wippte er ständig mit dem Fuß. In gewisser Weise hoffte er fast, dass Chad sich beeilte und endlich auftauchte. Sollte er tun, was er vorhatte, sagen, was er wollte, und das Ganze durchziehen. Am schlimmsten war das Warten.

Als die erste Stunde endete, ging Marshall vorsichtig den Gang entlang, an jeder Ecke überzeugt, dass Chad ihm dahinter auflauerte. Er schaffte es sicher in den Matheraum, und als er sah, dass Chads Tisch leer war, gelang es ihm endlich, sich etwas zu entspannen, wenn auch nur leicht.

Mathe war immer Marshalls Lieblingsfach gewesen, und nachdem Chad ihm diesmal nicht wieder mit seinem Blick ein Loch in den Hinterkopf sengte, konnte er sich auch seit Wochen zum ersten Mal einigermaßen konzentrieren.

Mr Brandt schrieb ein paar lineare Gleichungen an die Tafel. Marshall ging im Kopf die notwendigen Schritte durch, während der Lehrer sie für die Klasse erklärte.

Mr Brandt schrieb zwei weitere Gleichungen hin. »Will's jemand probieren?«

Chad hin oder her, Marshall wagte es trotzdem nicht, sich zu melden.

Vielleicht hatte Mr Brandt ja etwas in Marshalls Ausdruck gesehen, eine Aufmerksamkeit in seinen Augen. »Marshall«, sagte er jedenfalls. »Du vielleicht?«

Marshall zuckte bei seinem Namen zusammen. Als er nach vorne ging, hörte er nicht wie sonst das übliche Raunen. Keine Füße ragten in den Gang hinein und versuchten, ihn stolpern zu lassen.

Er nahm den Marker von Mr Brandt entgegen, betrachtete einen Moment lang die beiden Gleichungen, schrieb dann eine neue Gleichung hin und verband darin Elemente der beiden andern. Er spürte, wie sein Zutrauen mit jedem Buchstaben wuchs, den er durch eine Zahl ersetzte.

Hinter ihm ging die Tür auf.

Man konnte nicht mal von einem Knarren sprechen, die alte Tür drehte sich bloß in den Angeln, aber Marshall erkannte das Geräusch sofort, als er es hörte.

Schlagartig verließ ihn sein Selbstvertrauen und die Knie zitterten wie der reinste Wackelpudding. Er versuchte, sich auf die Gleichungen an der Tafel zu konzentrieren, doch plötzlich war alles nur noch ein wildes Durcheinander aus Zahlen, Buchstaben und mathematischen Zeichen.

Er hörte das Klack-klack der Schritte auf dem Boden. Es klang nicht nach Chad. Langsam drehte er sich um.

Mrs Thaxton, die Direktorin, marschierte mit entschlossenem, ernstem Gesicht zielstrebig durch die Klasse.

»Tut mir leid, dass ich unterbrechen muss«, sagte sie, als sie vorne stehen blieb, dann kehrte sie Marshall den Rücken zu und blickte in die Klasse. »Ich fürchte, ich habe eine beunruhigende Nachricht.«

Marshall wusste nicht, wo er hin sollte. Er wollte nicht vor Mrs Thaxton herlaufen, um zu seinem Platz zu kommen. Stattdessen schob er sich langsam von der Tafel weg an die Seite des Klassenzimmers.

Mrs Thaxton sprach langsam und wohlüberlegt. »Chad Hilligas, einer eurer Mitschüler, wird vermisst. Seit er gestern Nachmittag die Schule verlassen hat, wurde er nicht mehr gesehen. Soviel ich weiß, ist er nie zu Hause angekommen.«

Sie holte Atem, dann fuhr sie fort: »Wenn jemand von euch weiß, wo er vielleicht hingegangen sein könnte oder was mit ihm passiert ist, muss ich das umgehend wissen.«

Niemand sagte ein Wort.

Nachdem Marshall endlich an der Seite des Zimmers

angekommen war, herrschte in seinem Kopf nur noch ein einziges wirbelndes Chaos. Als der Name Chad fiel, war er erstarrt. Er hörte, wie das Pochen seines Herzens im Kopf widerhallte.

»Erinnert sich jemand, dass er Chad gesehen hat?«, fragte Mr Brandt.

»*Ob* Sie irgendetwas gehört oder gesehen haben?«, krächzte Mrs Thaxton.

Marshall wusste, er sollte etwas sagen, doch es schien ihm unmöglich.

Laura Musscrantz hob langsam die Hand.

»Ja, Laura«, sagte Mr Brandt.

»Ich hab ihn gesehen.«

»Wo?«

»Auf der Richmond Road.«

»Hat er irgendetwas zu dir gesagt?«, fragte sie Mrs Thaxton.

»Nein, ich war bei meiner Mom im Wagen. Wir sind nur einfach vorbeigefahren. Sie haben doch gefragt, ob wir ihn gesehen haben. Das ist alles.«

Marshall überlegte, ob Laura auch ihn bemerkt hätte, wenn er dort gewesen wäre.

»Weißt du auch noch, in welche Richtung er ging?«, fragte Mrs Thaxton.

»Von der Schule aus betrachtet nach rechts. Glaube ich jedenfalls. Wir sind in die andere Richtung gefahren, deshalb hab ich ihn danach nicht mehr gesehen.«

»Hat jemand anderes mit Chad gesprochen?«, fragte Mrs Thaxton. »Entweder nach der Schule oder vielleicht auch vorher? Hat er irgendetwas gesagt, was er nach dem Unterricht vorhatte?«

Cody zeigte auf, ließ dann aber die Hand schnell wieder sinken, doch Mr Brandt hatte ihn schon gesehen. »Weißt du irgendwas, Cody?«

»Er hat mir mehr oder weniger erzählt, was er vorhatte, aber ich komm mir komisch vor, wenn ich's verrate.«

»Was hat er zu dir gesagt, Cody?«, hakte Mrs Thaxton nach. »Wir haben keine Zeit dafür, ob dir etwas peinlich ist oder *komisch vorkommt.*«

»Also gut, Sie haben gefragt.« Cody zuckte mit den Schultern. »Er hat gesagt, er will Marshall zusammenschlagen.«

Gedämpftes Gelächter drang aus der hinteren Klassenecke, doch ein Blick von Mrs Thaxton genügte, den, der gelacht hatte, zum Schweigen zu bringen.

»Tut mir leid, Mann«, sagte Cody und sah Marshall an. »Aber genau das hat er gesagt.«

Zum ersten Mal drehte sich Mrs Thaxton um und bemerkte Marshall, der sich verlegen an die Wand drückte. »Marshall, was weißt du darüber?«

Das Einzige, was er hervorbrachte, war ein Schulterzucken. Es kostete ihn alle Kraft, dass er nicht anfing zu zittern.

»Bist du gestern auf deinem Heimweg mit Chad aneinandergeraten?«

Er schüttelte den Kopf.

»Wusstest du, dass er dich suchte?«

»Nein«, antwortete Marshall.

»Und du hast ihn nirgends gesehen?«

»Ich bin gleich nach Hause wie immer. Er war nicht da.«

Mrs Thaxton musterte ihn lange mit strengem Blick. »Hast du eine Ahnung, wieso er dich schlagen wollte? Ist davor etwas passiert?«

Er schüttelte den Kopf.

»Chad hat Marshall schon das ganze Jahr über fertiggemacht«, sagte Andy. »Bloß so.«

»Marshall hat nie was getan«, meldete sich Laura. »Chad ist einfach gemein!«

Mrs Thaxton sah Marshall nochmals lange an, dann wandte sie sich wieder an den Rest der Klasse. »Wenn sonst noch jemand etwas weiß, was Chad gesagt oder getan hat, und sei es auch noch so unbedeutend, oder wenn ihr etwas gehört habt, was ein anderer zu Chad gesagt hat, dann gebt bitte Mr Brandt oder mir Bescheid. Wenn ihr es lieber unter vier Augen sagen wollt, ich bin in meinem Büro. Denkt bitte genau nach und habt keine Angst, zu mir zu kommen. Ich werde alles, was ihr mir erzählt, vertraulich behandeln.«

Sie ging aus dem Klassenzimmer. Danach richteten sich alle Augen auf Marshall.

Er kehrte eilig zu seinem Platz zurück. Die Gleichungen standen weiter ungelöst an der Tafel.

16

MITTWOCH, 3. NOVEMBER, 10.15 UHR

Mit Wattebäuschen und Wasserstoffperoxyd wischte Mrs Latherly das Blut von Tamayas Hand ab. »Du darfst auf keinen Fall kratzen«, mahnte sie.

»Hab ich gar nicht«, widersprach Tamaya.

»Je mehr du kratzt, desto schlimmer wird es«, redete Mrs Latherly weiter. »Dadurch breitet sich der Ausschlag nur noch mehr aus. Außerdem vergrößert sich mit jedem Aufreißen der Haut die Gefahr einer Infektion.«

»Ich hab nicht gekratzt«, wiederholte Tamaya.

Sie saß auf einem Plastikstuhl in einem Erker des Büros. In dem Erker standen Drucker und Kaffeemaschine. Die Sanitätssachen lagen auf einem Regal neben dem Drucker.

Mrs Latherly bediente in erster Linie das Telefon oder arbeitete am Computer, doch sobald jemand krank wurde oder Erste Hilfe brauchte, musste er zu ihr.

»Vielleicht hab ich ja ein bisschen dran gerieben«, gab Tamaya zu. »Aber es juckt nicht. Es kribbelt nur. So wie wenn man eiskalte Hände hat und sie dann unter warmes Wasser hält, verstehen Sie? Dann prickelt es doch überall. Genau so fühlt es sich an.«

»Aha«, sagte Mrs Latherly, während sie einen Erste-Hilfe-Kasten aus dem Regal nahm, doch Tamaya hatte das Gefühl, als ob sie gar nicht richtig zuhörte.

Sie schaute zu, wie Mrs Latherly den Deckel aufklappte, verschiedene Tuben herausnahm, die Etiketten las und wieder zurücklegte. Tamaya wünschte sich wirklich, dass die Frau mal ein bisschen Tempo zulegte. Noch immer hoffte sie, rechtzeitig in ihre Klasse zurückzukommen, um ihren Aufsatz zu Ende schreiben zu können.

Sie malte sich aus, wie Hope, Jason und Monica eine nach der andern Mrs Filbert ihre Anleitungen zum Aufblasen eines Luftballons vorlasen. Sie sah, wie die Ballons aus dem Mund der Lehrerin flogen, in engen Kreisen durch das Klassenzimmer wirbelten und alle lachten.

Das ist nicht fair, dachte sie. *Wieso muss immer ich alles verpassen, was lustig ist?*

Es schien wirklich jedes Mal das Gleiche zu sein. Sie hatte Hopes Geburtstag in einer Stretch-Limo verpasst, weil die Party an einem Wochenende war, an dem sie nach Philadelphia musste. Und dann hatte Katie, ihre einzige Mehr-oder-weniger-Freundin in Philadelphia, sie eingeladen, mit ihr und ihrer Familie reiten zu gehen, aber auch das war das falsche Wochenende gewesen.

Mr Franks, der Assistent der Direktorin, kam in den Erker. »Hi, Tamaya«, grüßte er sie. »Du bist doch nicht etwa krank, oder?«

»Nein, ist nur ein Ausschlag.«

»Gut. Wir wollen doch nicht deine perfekte Bilanz ruinieren.« Er zwinkerte ihr zu.

Tamaya spürte, wie ihr warm im Gesicht wurde, und versuchte, nicht rot zu werden. Alle ihre Freundinnen waren sich einig, dass Mr Franks aussah wie ein Filmstar. Summer behauptete steif und fest, er hätte ein Tattoo im Nacken und dass er deshalb immer Jacke und Schlips trug. Aber Summer wusste nicht, was für ein Tattoo es war, nur dass es eindeutig nicht für die Schule *passte*. Wenn Mrs Thaxton es herausfand, würde sie ihn sicher sofort entlassen.

Mr Franks beugte sich hinunter, um sich einen Kaffee einzuschenken, und Tamaya versuchte, einen schnellen Blick auf seinen Nacken zu erhaschen. Überhaupt, wie konnte Summer von dem Tattoo wissen und Mrs Thaxton nicht?

»Streck deine Hand aus«, sagte Mrs Latherly.

Tamaya wartete, bis Mr Franks den Erker wieder verließ. Sie wollte nicht, dass er ihren hässlichen Ausschlag sah. »Ich hab was von der Handcreme meiner Mutter draufgetan«, erklärte sie Mrs Latherly. »Aber sie hat nicht gewirkt.«

»Die hier bestimmt«, versicherte ihr die Frau.

Während Mrs Latherly die Salbe auftrug, versuchte Tamaya das Etikett der auf dem Kopf stehenden Tube zu lesen. *Hydrocortison 1%.* Sie vertraute auf die Worte *Maximale Stärke.*

»Hast du irgendwelche Haustiere?«, erkundigte sich Mrs Latherly.

»Cooper, meinen Hund.«

»Meinst du, du bist allergisch gegen Cooper?«

»Nein!«, schrie sie. Das wäre ja schrecklich. Cooper war das Beste an den Besuchen bei ihrem Dad. Er schlief bei ihr im Bett, und oft wachte sie auf, weil ihr der Hund das Gesicht leckte.

»Hat Cooper in letzter Zeit irgendwelche Probleme mit Flöhen, Zecken oder Milben gehabt?«

»Ich hoffe nicht«, antwortete Tamaya.

Mrs Latherly schaute verwirrt. »Ja oder nein?«

Tamaya erklärte, dass sie Cooper nur an einem Wochenende im Monat sah.

Mrs Latherly wirkte verärgert. »Tamaya, ich versuche herauszufinden, was vielleicht deinen Ausschlag verursacht haben könnte. Wenn du mit Cooper gar nicht zusammen warst, kann er auch nicht die Ursache sein.«

»Tut mir leid«, sagte Tamaya und kam sich klein und dumm vor.

Es war manchmal verwirrend, zwei Zuhause zu haben. Es fühlte sich an, als wenn sie zwei verschiedene Leben hätte: zwei halbe Leben. Und die beiden zusammen ergaben nicht wirklich ein ganzes. Sie hatte immer das Gefühl, etwas zu versäumen.

Mrs Latherly umwickelte Tamayas Hand mit Verbandsmull. »Erinnerst du dich an irgendetwas anderes, das du in letzter Zeit angefasst hast?«, fragte sie. »Irgendein Putzmittel vielleicht?«

Tamaya überlegte, ob sie ihr von dem komischen Schlamm erzählen sollte. Sie wollte Marshall keine Probleme machen. Aber sie wusste auch, dass es wichtig war, einem Arzt oder einer Schwester die Wahrheit zu sagen, selbst wenn Mrs Latherly nur eine Teilzeit-Schulschwester war.

»Na ja, da war dieser schlierige Schlamm«, gab sie zu.

»Hast du Erdnüsse oder Erdnussbutter gegessen?«, fragte Mrs Latherly, ohne auf den Schlamm einzugehen.

Doch Tamayas Gedanken blieben auf den schlierigen Schlamm fixiert. Es war alles so schnell gegangen, aber jetzt, als sie die Situation noch einmal in Zeitlupe durchging, sah sie genau, wie sie eine Handvoll von dem teerartigen Schmier genommen hatte. Vage erinnerte sie noch, dass er sich warm angefühlt hatte, war sich jedoch nicht mehr sicher, ob sie sich das vielleicht nur einbildete.

»Hast du in letzter Zeit Erdnüsse oder Erdnussbutter gegessen?«, fragte Mrs Latherly wieder.

Tamaya zwang sich, ihre Konzentration auf die Frage zu richten. »Gestern hab ich ein Sandwich mit Erdnussbutter und Marmelade gegessen«, antwortete sie. »Vielleicht war es aber auch schon vorgestern.«

»Kann sein, dass du allergisch bist«, sagte Mrs Latherly. »Nächstes Mal, wenn du zum Arzt gehst, soll deine Mutter mal wegen eines Allergietests nachfragen. Und bis dahin würde ich einfach kein Sandwich mit Erdnussbutter mehr essen.«

»Meine Mom macht ihre eigene Erdbeermarmelade«, bot ihr Tamaya als Argument an. »Aus richtigen Erdbeeren. Vielleicht bin ich ja darauf allergisch.«

»Vielleicht«, sagte Mrs Latherly.

»Meine Mutter fährt heute nach der Schule mit mir zum Arzt.«

»Gut.«

Mrs Latherly umwickelte jeden Finger einzeln und danach den Handballen und das Handgelenk.

»Wie fühlt sich das an?«

Tamaya versuchte, die Finger zu bewegen. »Als wenn ich eine Mumie wär«, scherzte sie.

Mrs Latherly lächelte. »Ich würde dir noch gern eine Allergietablette geben, aber dazu brauche ich das Einverständnis deiner Mutter. Ich ruf sie auf der Arbeit an. Komm nach dem Mittagessen noch mal vorbei.«

Tamaya sagte Ja.

»Und denk dran, nicht wieder kratzen!«

$$2 \times 1.024 = 2.048$$
$$2 \times 2.048 = 4.096$$

17

MITTWOCH, 3. NOVEMBER, 10.45 UHR

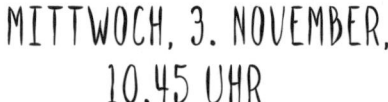

Als Tamaya in den Unterricht von Miss Filbert zurückkam, war die Klasse inzwischen schon bei Mathe. Am
Schwarzen Brett klebten noch zwei aufgeblasene Ballons. Später erfuhr sie, dass nur Sam und Ramona eine
vernünftige Anleitung zum Ballonaufblasen hinbekom-
men hatten. Und so, wie Hope erzählte, hatte Miss Filbert selbst da noch ein bisschen schummeln müssen, damit es klappte.

Den ganzen Vormittag über spürte Tamaya, wenn sie
zu den beiden Ballons schaute, ihre Enttäuschung. Sie
war sich sicher, auch sie hätte einen Ballon am Schwarzen Brett haben können, und zwar ohne Geschummel.

Sie musste mit links schreiben, was fast unmöglich
schien. Obwohl es Mathe war, wo es nur um Zahlen ging,
hatte sie große Mühe, eine simple Zwei hinzukriegen.

»Und was ist jetzt mit deiner Hand?«, fragte Hope.

»Ich darf keine Erdnussbutter mehr essen«, flüsterte
Tamaya ihr zu.

»Erdnussbutter ist der Grund, wieso deine Hand blutet?«

Tamaya zuckte nur mit den Schultern. Sie wollte nicht

drüber reden. Jedenfalls nicht mit Hope. Aber sie war sich sicher, dass der Ausschlag nichts mit Erdnüssen oder Erdnussbutter zu tun hatte.

Es musste an dem schlierigen Schlamm liegen.

$$2 \times 4.096 = 8.192$$
$$2 \times 8.192 = 16.384$$

Plastiktüten waren in der Woodridge Academy nicht mehr erlaubt, und niemand, der über die zweite Klasse hinaus war, hatte noch eine Lunchbox dabei. Tamaya und ihre Freundinnen brachten ihr Mittagessen in wiederverwendbaren Stoffbeuteln mit.

Monicas Beutel war schwarz mit einem Peace-Zeichen aus Glassteinen. Hopes Beutel war ebenfalls schwarz, aber mit einem roten Herzen. Tamayas war einfach nur weiß und an den Rändern ausgefranst von den vielen Aufenthalten in Waschmaschine und Trockner.

Die Mädchen gingen die Treppe hinunter in Richtung Speisesaal. »Wenn sie dich fragen, wieso du die Hand verbunden hast«, meinte Hope, »sag ihnen bloß nicht, du hast einen Ausschlag.«

Tamaya wusste nicht, wer »sie« waren. Sie nahm an, Hope meinte einfach die anderen Schüler im Speisesaal.

»Ausschlag ist eklig«, stimmte Monica zu.

»Sag ihnen, du hast dir mit einem Bleistift in die Hand gestochen!«, erklärte Hope.

»Das ist auch eklig«, widersprach Tamaya.

»Aber die Art von eklig gefällt Jungen«, sagte Monica.

Tamaya hatte immer noch keine Ahnung, wovon sie sprachen.

Summer, die in die andere fünfte Klasse ging, wartete schon vor dem Speisesaal auf die drei.

»Was ist denn mit dir passiert?«, fragte sie, als sie Tamayas Hand sah.

»Hat sich mit einem Bleistift reingestochen«, antwortete Monica, bevor Tamaya selbst etwas sagen konnte.

Summer schaute besorgt. »Wieso das?«

»Einfach so«, sagte Hope.

»Nicht wirklich«, flüsterte Tamaya.

Die vier Mädchen betraten den Speisesaal. »Tu so, als wenn sie überhaupt nicht da wären«, sagte Monica und ging auf denselben Tisch zu, an dem sie am Vortag gesessen hatten. Die älteren Jungen waren schon da. Die Mittagspause für die Oberstufe begann immer bereits vierzehn Minuten früher als die der Mittelstufe.

Tamaya war erleichtert, als sie Chad nicht in der Gruppe entdeckte, auch wenn sie gern gewusst hätte, wo er steckte. Als sie sich umschaute, sah sie auch Marshall nicht und hoffte, es war nichts Schlimmes passiert.

»Schau nicht so hin!«, flüsterte Monica energisch.

»Wir sitzen nur, wo wir immer sitzen«, meinte Summer.

»Wenn sie zufällig auch da sind«, sagte Hope, »tja, dann ist das eben Zufall.«

Tamaya biss sich auf die Lippe. Sie fragte sich, wann ihre Freundinnen beschlossen hatten, sich wieder zu den Jungen zu setzen. Oder vielleicht hatten sie auch überhaupt nicht drüber gesprochen. Vielleicht war es ja was, das ihr *einfach so klar sein musste.*

Die Mädchen stiegen über die Bänke und setzten sich an den Tisch, ohne auch nur einen Blick auf die Jungen zu werfen. Tamaya hielt ihren Blick gesenkt.

»Was ist denn mit der passiert?«, fragte einer von ihnen.

Summer drehte sich um. »Oh, hi«, sagte sie, als ob sie gerade erst merken würde, dass die Jungen da waren.

»Tamaya hat sich mit einem Bleistift in die Hand gestochen«, erklärte Monica. Sie lächelte den Jungen an.

»Ist voll durch die Hand durch«, ergänzte Hope. »Auf der einen Seite rein und auf der andern wieder raus!«

»Cool.«

Tamaya betrachtete ihr Mittagessen und schaute nicht hoch. Sie wusste, dass alle sie anstarrten. Wenn sie gekonnt hätte, hätte sie sich in ihren Essensbeutel verkrochen.

»Hat das nicht wehgetan?«, fragte der Junge neben ihr.

Tamayas Herz schlug wie verrückt, während sie sich weiter auf ihr Essen konzentrierte. Sie hatte ein Sandwich, ein Saftpäckchen, einen Müsliriegel und einen Becher mit klein geschnittenem Obst dabei.

»Natürlich hat das wehgetan«, sagte Summer. »Was denkst du denn?«

Der Junge berührte Tamayas anderen Arm, direkt unter dem Ellenbogen. »Wieso hast du das gemacht?«

Sie brauchte all ihren Mut, den Kopf zur Seite zu drehen und den Jungen anzusehen.

»Wieso nicht?«

Der Junge starrte sie weiter an. Er war anscheinend tief beeindruckt.

Sie lächelte.

Wenigstens hielt sie jetzt niemand mehr für die Superbrave, als die sie sonst immer galt.

»Und, habt ihr was von Chad gehört, Leute?«, fragte einer der Jungen.

Tamaya hatte das Gefühl, als hätte sie einen Stromschlag von mindestens tausend Volt abgekriegt. »Was ist denn mit Chad?«, fragte sie.

»Der ist verschwunden«, antwortete der Junge neben ihr.

»Wird seit gestern Nachmittag vermisst«, sagte ein anderer. »Zu Hause ist er jedenfalls nie angekommen.«

Alle Jungen redeten plötzlich gleichzeitig.

»Die Polizei sucht ihn.«

»Sitzt wahrscheinlich irgendwo im Gefängnis.«

»Autos hatte er ja schon mindestens zehn geklaut.«

In Tamayas Kopf wirbelte alles durcheinander. Noch einmal suchte sie den Speisesaal nach Marshall ab.

»Wenn er im Gefängnis wär, wüsste dann nicht die Polizei, wo er steckt?«, fragte Hope.

»Nicht, wenn er ihnen den Namen verschwiegen hat.«

Tamayas Angst kehrte wieder zurück, stärker denn je. Sie hatte nichts mit dem Ausschlag oder dem kaputten Pullover zu tun, es ging nicht darum, dass sie ihre Mutter angelogen hatte oder fürchtete, von Chad verprügelt zu werden. Der Grund war schlimmer als all dies zusammen.

Es war dieses eine.

Sie stand auf. Plötzlich zwang sie ein Schwindelgefühl, sich an der Tischkante festzuhalten.

»Bist du okay?«, fragte Summer.

Sie nahm ihr Mittagessen und stürzte fast über die Bank, als sie den Tisch verließ. Sie musste unbedingt Marshall finden.

»Wo willst du denn hin?«, fragte Monica.

Während sie durch den Speisesaal lief und verzweifelt nach Marshall suchte, hörte sie, wie auch an anderen Tischen über Chad geredet wurde.

»Er ist aufs Schuldach geklettert, sitzt jetzt da oben fest und kommt nicht mehr runter.«

»Er hat sich einer Motorradgang angeschlossen und ist auf dem Weg nach Mexiko.«

»Er ist in eine Messerstecherei geraten und liegt irgendwo mit Gedächtnisverlust in einem Krankenhaus. Der weiß noch nicht mal mehr seinen Namen.«

Alle schienen zu glauben: Was immer Chad zugestoßen war, es konnte nur seine eigene Schuld sein. Er war ein übler Kerl, und üble Kerle tun nun mal üble Dinge, weshalb ihnen irgendwann auch selbst üble Dinge passieren.

Niemand kam auf die Idee, dass in Wirklichkeit ein braves Mädchen schuld war. *Ein braves Mädchen mit perfekter Erziehung, das nur ein Mal in seinem ganzen Leben etwas Schlimmes getan hatte!*

Tamaya ging in die Eingangshalle hinunter und drückte die Tür nach außen auf. Sie spürte einen willkommenen kalten Windstoß. Tamaya holte tief Luft und schaute am Fußballplatz vorbei Richtung Wald.

Chad war irgendwo dort. Da war sie sich sicher.

Wie sonst hätten Marshall und sie ihn so leicht abhängen können? Es hatte damit zu tun, dass sie ihm diesen Flatschen schlierigen Schlamm ins Gesicht geschleudert hatte. Tief im Innern musste sie das schon die ganze Zeit gewusst haben.

Sie schaute auf ihren Verband, der nicht nur den Ausschlag verbarg, sondern auch ihre Schuld. Was immer mit ihrer Hand los war, Chads Gesicht musste es zehnmal schlimmer erwischt haben.

Sie entdeckte Marshall. Er spielte mit einer Gruppe von Jungen Basketball. Sie war noch nie so erleichtert gewesen, jemanden zu sehen.

»Marshall!«, rief sie, dann lief sie los Richtung Spielfeld und rief unterwegs noch zwei weitere Male seinen Namen.

Als sie sich dem Platz näherte, warf er einen kurzen Blick zu ihr hinüber, spielte dann aber weiter.

»Ich muss mit dir reden!«

Er ignorierte sie.

Jungen liefen den Platz entlang. Der Basketball flog durch die Luft und sprang vom Rand des Korbs ab, dann liefen die Jungen in die andere Richtung.

»O Mann, jetzt komm schon!«, rief sie.

Sie wusste, er wollte nicht, dass sie in der Schule mit ihm sprach, aber das ergab jetzt überhaupt keinen Sinn mehr. Die letzten zwei Tage hatte sie auch mit älteren

Jungen am Tisch gesessen und zu Mittag gegessen. Wenn die sich nicht schämten, mit ihr gesehen zu werden, wieso dann er? Es war ja nicht so, als wenn alle sagen würden, sie hätte Läuse.

»Es ist wichtig!«, brüllte sie ihn an.

Jemand warf ihm den Ball zu. Er fing ihn, sah sie kurz an, dribbelte dann zweimal und warf ihn danach einem anderen Spieler zu.

Die Jungen trugen alle nur noch ihr T-Shirt am Oberkörper. Jedes Mal musste sie über die zusammengeknüllten blauen Pullover springen, wenn sie an der Seitenlinie entlangrannte, immer auf gleicher Höhe mit Marshall, um seinen Blick zu erhaschen. Doch er sah sie nicht an.

Sie betrachtete ihre verbundene Hand und dachte: *Vielleicht hab ich ja wirklich Läuse.*

Der Ball sprang mit einem Scheppern von der Rückwand des Korbs ab und flog in ihre Richtung. Sie lief auf ihn zu und fing ihn beim dritten Aufticken.

Ein Junge rannte ihr entgegen und streckte erwartungsvoll die Hände aus.

»Ich muss mit Marshall reden«, sagte sie.

»Komm schon, Mädchen. Gib mir den Ball«, sagte der Junge.

Tamaya hielt sich den Ball vor die Brust und umschlang ihn mit ihren Armen.

»Hey, wo ist dein Problem?«, fragte er.

Marshall kam auf sie zu. »Hör auf zu nerven«, sagte er.

»Chad wird vermisst«, erklärte sie ihm. Doch als sie es sagte, merkte sie, dass er es offenbar schon wusste.

»Ja und?«, fragte er.

Er legte seine Hände auf den Ball. Für einen Moment hielt sie ihn noch etwas fester, dann lockerte sie ihren Griff und überließ Marshall den Ball.

Sie wartete am Rand des Felds auf das Ende des Spiels und warf immer wieder Blicke in Richtung Wald. Die Mittagspause für die Oberstufe endete vierzehn Minuten vor der der Mittelstufe. Als es endlich läutete, hielt sie sich zurück, bis die Jungen ihre Pullover geholt hatten, dann trat sie auf Marshall zu.

»Was?«, blaffte er.

»Wir sind die Letzten, die ihn gesehen haben«, antwortete sie. »Wir müssen es jemandem sagen.«

Die anderen Jungen liefen zum Schulgebäude zurück.

»Nein, Tamaya«, sagte Marshall entschieden. »Du darfst niemandem was sagen, niemals. Hör zu, er war es, der mich geschlagen hat. Nicht umgekehrt. Außerdem hat das sowieso nichts mit uns zu tun. Der ist wahrscheinlich von zu Hause weggelaufen oder so.«

Sie hielt ihre verbundene Hand hoch. »Schau dir meine Hand an!«

»Ich weiß, du hast es mir gesagt. Deine Mom fährt dich nach der Schule zum Arzt.«

»Schau sie dir an!«, schrie sie, während sie an dem Verband zerrte und das Pflaster abriss.

Als sich der Mull löste, regnete eine pulverige Substanz heraus, das gleiche pulverige Zeug, das sie am Morgen in ihrem Bett gefunden hatte.

Marshall starrte auf ihre Hand. Selbst Tamaya war verblüfft, wie viel schlimmer der Ausschlag geworden war, obwohl ihn Mrs Latherly erst vor Kurzem behandelt hatte. Riesige blutige und verkrustete Blasen überzogen inzwischen den ganzen Bereich von den Fingerspitzen bis über das Handgelenk hinaus.

»Das ... sieht ja schlimm aus«, sagte Marshall.

»Der Schlamm im Wald«, sagte Tamaya. »Ich glaube, er ist gefährlich. Ich hab davon was in die Hand genommen und Chad ins Gesicht geworfen.«

Sie hatte Angst, dass sie gleich losheulen würde, drängte die Tränen aber erfolgreich zurück. »*Ins Gesicht!*«, schrie sie.

»Ja und?«

»Was glaubst du, wieso er uns nicht verfolgt hat? Er ist noch dort und alles ist *meine Schuld*!«

»Das weißt du doch gar nicht«, sagte Marshall.

»Ich muss es Mrs Thaxton sagen.«

»Nein, das darfst du nicht!« beharrte Marshall. »Ich hab ihr doch schon gesagt, dass ich Chad gestern nicht gesehen hab. Was willst du ihr denn erzählen? Dass wir zusammen nach Hause gegangen sind und du ihn gesehen hast, ich aber nicht? Soll ich zu ihr gehen und sagen: ›Ach ja, jetzt erinnere ich mich, Mrs Thaxton. Ich hab Chad gestern doch gesehen. Er hat mich im Wald zusammengeschlagen. Das hatte ich total vergessen.‹«

»Ich muss es aber jemandem sagen.«

»Ist doch nur Schlamm. Und außerdem, ich hab gehört, er hat sich einer Motorradgang angeschlossen und ist auf dem Weg nach Mexiko.«

»Du *weißt*, dass das nicht stimmt«, sagte Tamaya.

»Ich *weiß* überhaupt nichts«, widersprach Marshall. »Und du auch nicht.«

Er wandte sich von ihr ab. Sie starrte ihm hinterher, als er in Richtung Schulgebäude fortging. Er schaute nicht ein Mal zurück.

Vierzehn Minuten später, als es für sie läutete, um wieder in ihre Klasse zu gehen, stand Tamaya immer noch neben dem Basketballfeld. Sie wusste nicht, was sie tun sollte. Sie wollte Marshall nicht in Schwierigkeiten bringen, aber *irgendjemand musste etwas unternehmen*! Sie blieb stehen, rührte sich nicht, als die anderen Schüler um sie herum alle in das Gebäude zurückkehrten.

Wieder starrte sie zu dem Wald hinüber. Sie machte einen Schritt in Richtung Fußballplatz. Dann noch einen.

Anfangs ging sie langsam, aber ihr Tempo erhöhte sich mit jedem Schritt. Sie versuchte, weder an Miss Filbert noch an Mrs Thaxton zu denken. Sie fing an zu rennen.

Ihr Essensbeutel schwang an der Hand hin und her. Sie war froh, dass sie ihn immer noch bei sich hatte. Chad musste hungrig sein.

$$2 \times 16.384 = 32.768$$
$$2 \times 32.768 = 65.536$$

18

MITTWOCH, 3. NOVEMBER, 13.00 UHR

Es war mehr als einen Monat her, dass Marshall mit seinen Freunden Basketball gespielt hatte. Einen Monat, dass er überhaupt Freunde hatte, und alles, was es brauchte, war ein Tag – *ein einziger Tag* – ohne Chad gewesen.

»Marshall hat nie was getan«, hatte Laura gesagt. »Chad ist einfach gemein!«

Das waren vielleicht die schönsten Worte, die er je in seinem Leben gehört hatte.

Während er an seinem Tisch in Mr Davisons Klasse saß, nur drei Plätze entfernt von dem, wo sonst Chad hockte, bekam er das Bild von Tamayas grotesker Hand nicht mehr aus dem Kopf; zerrissene Fetzen blutigen Mulls hatten an dem von Blasen übersäten Fleisch geklebt. Und er sah ihre Augen. Sie flehten ihn an, das Richtige zu tun.

Mann, gerade wenn es endlich mal gut für mich läuft, dachte er. *Wieso müssen Mädchen immer alles kaputt machen?*

Er wusste, was das Richtige war. Er hatte es schon gewusst, als Mrs Thaxton in seine Klasse kam und allen erzählte, dass Chad vermisst werde.

Der einzige Grund, weshalb er nicht sofort die Wahrheit gesagt hatte, war, dass er Tamaya nicht in Schwierigkeiten bringen wollte. Das redete er sich zumindest ein. Er hatte wegen Tamaya die Klappe gehalten.

Tief im Innern wusste er natürlich genau, dass das nicht stimmte. Er hatte geschwiegen, weil er Angst hatte. Angst hatte und sich schämte.

Nicht dass das jetzt noch wichtig war. Er wusste, dass es nur eine Frage der Zeit war, bis Tamaya es jemandem erzählen würde, entweder ihrer Klassenlehrerin Miss Filbert oder Mrs Thaxton.

Das Telefon im Klassenzimmer summte, und es schien ihm, als ob das Geräusch bis tief in seinen Knochen vibrierte. Während er zusah, wie Mr Davison in den Apparat sprach, versuchte er den Ausdruck auf dem Gesicht des Lehrers zu deuten. Sein Bein zitterte unter dem Tisch.

Mr Davison legte auf. Marshall senkte eilig den Blick und tat so, als würde er sich auf das aufgeschlagene Buch konzentrieren, das vor ihm lag.

»Marshall, Mrs Thaxton möchte, dass du in ihr Büro kommst.«

Er hatte es erwartet, trotzdem trafen ihn die Worte wie ein Schock. Er stand auf und versuchte verzweifelt, beim Rausgehen ruhig zu wirken.

Er starrte die Treppe hinauf. Nichts ergab mehr einen Sinn. Chad hatte ihn zusammengeschlagen, dennoch war *er* es, der in Schwierigkeiten geriet!

Alle machten sich Sorgen um den *armen Chad*. »Wo ist Chad?« »Hast du ihn gesehen?« »Hast du mit ihm gesprochen?« »Was hat er gesagt?«

Chad wird vermisst? Super! Er ist weg, und ich bin froh, dass er weg ist!

Machte ihn das zu einem bösen Menschen?

Er erreichte das obere Treppenende. Das Büro lag rechts, doch Marshalls Blick wurde in die andere Richtung gezogen, einen kurzen Flur entlang zu einer Tür mit einem Fenster. Tageslicht schimmerte durch die Scheibe.

Er starrte einen langen Moment auf die Tür. Vielleicht war es mal an der Zeit, dass sich die Leute Sorgen um den *armen Marshall* machten, überlegte er.

Er starrte noch ein wenig länger die Tür an, dann aber drehte er sich um und ging auf das Büro zu. Tamaya hatte recht. Es war Zeit, die Wahrheit zu sagen.

Mrs Latherly stand mit dem Rücken zu ihm, nach vorn gebeugt, um einen Ordner in die Ablage zurückzustecken.

»Mrs Thaxton hat gesagt, ich soll in ihr Büro kommen«, sagte Marshall.

Die Schulsekretärin richtete sich auf. »Oh, hi, Marshall. Wir sind froh, dass du hier bist.«

Er überlegte, was sie damit meinte. Sie schickte ihn weiter in Mrs Thaxtons Büro.

Die Tür der Direktorin stand offen. Er sah, wie sie an ihrem Schreibtisch saß und aus dem Fenster starrte.

Marshall trat ein und räusperte sich. »Sie wollten mich sprechen?«

Sie drehte sich um. »Weißt du, wo Tamaya ist?«

Es war nicht die Frage, die er erwartet hatte, und einen Moment lang überlegte er, ob das ein Trick war.

Mrs Thaxtons Gesicht zitterte. »Weißt du's?«

»In Miss Filberts Klasse?«

»Da ist sie nicht. Nach der Mittagspause ist sie nicht wiederaufgetaucht. Ich weiß, dass ihr beiden viel Zeit miteinander verbringt.«

»Nicht viel. Wir gehen zusammen zur Schule. Sie wissen schon, weil wir in derselben Straße wohnen. Ihre Mom will nicht, dass sie allein geht.«

Die Worte drangen aus seinem Mund, während er innerlich völlig damit beschäftigt war, zu verstehen, was eigentlich los war. »Monica ist ihre beste Freundin«, sagte er. »Vielleicht weiß die ja was.«

»Mit Monica habe ich gesprochen. Sie hat gesagt, Tamaya wäre plötzlich ohne ersichtlichen Grund aus dem Speisesaal gelaufen und nicht mehr zurückgekommen. Wo warst du in der Mittagspause?«

»Draußen. Basketball spielen.«

»Hast du sie gesehen?«

»Ähm, lassen Sie mich überlegen. Ja, ich glaub, ich hab sie am Spielfeldrand gesehen.«

»Hat sie etwas zu dir gesagt?«

»Jetzt erinnere ich mich wieder. Der Ball ist weggesprungen, sie hat ihn geschnappt und ich bin zu ihr hin und hab ihn mir wiedergeholt.«

»Und sie hat nichts gesagt, dass sie die Schule früher verlassen wollte?«

»Also, heute Morgen hat sie gesagt, dass ihre Mom zur Schule kommen will, um von hier aus mit ihr zum Arzt zu fahren. Sie hat doch diesen schrecklichen Ausschlag. Vielleicht hat ihre Mom sie ja früher abgeholt?«

»Mrs Latherly hat bei ihrer Mutter eine Nachricht hinterlassen. Wir warten noch, dass sie zurückruft.«

»Tamaya ist immer ziemlich genau, wenn es um Regeln geht«, betonte Marshall. »Sie würde nie einfach gehen, ohne Bescheid zu sagen.«

»Ich weiß«, antwortete Mrs Thaxton. »Genau deshalb mache ich mir ja Sorgen.«

Marshall wartete, doch eine lange Zeit sagte Mrs Thaxton nichts. Sie schaute ihn an, aber es war mehr, als ob sie durch ihn hindurchsähe, gerade so, als ob sie vergessen hätte, dass er noch dastand.

»Du kannst gehen«, sagte sie schließlich.

Sie musste es ihm nicht zweimal sagen.

Kurze Zeit später verbreitete Mrs Thaxton über Lautsprecher, dass die Schule abgeschlossen werde. Schüler und Lehrer sollten in ihren Klassen bleiben, das Licht ausschalten und die Türen verriegeln. Niemand dürfe das Gebäude mehr betreten oder verlassen.

Doch bis dahin hatte sich Marshall schon aus der Seitentür geschlichen. Wie ein Gefangener auf der Flucht war er über den Rasen gerannt, eilig über den Zaun geklettert und dann in den Wald verschwunden.

19

MITTWOCH, 3. NOVEMBER,
13.10 UHR

Blätter segelten weiterhin rings um Tamaya herum zu Boden, während sie zwischen den Bäumen entlanglief und hoffte, etwas zu sehen, *irgendwas*, das ihr vom Tag zuvor vertraut vorkam. Dann endlich würde sie wissen, dass sie in die richtige Richtung ging. Aber sie fand nichts.

Normalerweise war sie immer sehr aufmerksam. Sie konnte sich gut an kleinste Details erinnern, doch gestern hatte sie solche Panik gehabt, dass sie sich auf nichts konzentrieren konnte. Ihre ganze Aufmerksamkeit war nur darauf gerichtet gewesen, dicht bei Marshall zu bleiben. Das Einzige, woran sie sich noch erinnerte, war, wie sie den schlierigen Schlamm entdeckt hatte. Wenn sie ihn wiederfand, dann war bestimmt auch Chad ganz in der Nähe.

Diesmal versuchte sie, sich alles ganz genau einzuprägen: Baumstümpfe, krumme Äste, Steinformationen. Sie fand einen Baum mit mehreren angenagelten Brettern. Alles, was sie sah, merkte sie sich, damit sie, wenn sie Chad gefunden hatte, auch wieder zurückkam. Immer wieder blieb sie stehen, drehte sich um und verfolgte ihre Schritte noch einmal zurück.

»Chaaaad!«, rief sie.

Sie hatte keine sehr laute und kräftige Stimme. Miss Filbert versuchte ständig, ihr beizubringen, die Worte so richtig herauszu*stoßen*. »Du hast so viele gute Ideen, Tamaya. Du musst mit mehr Überzeugung sprechen.« Wann immer sie in der Klasse etwas laut vorlesen sollte, beklagten sich alle, sie würden sie nicht verstehen. Und wenn sie Monica oder Hope auf dem Pausenhof irgendwas zurufen wollte, hörten sie sie nicht, obwohl sie bloß auf der anderen Seite vom Dodgeball-Kreis standen.

Sie versuchte es wieder. Diesmal legte sie extraviel Kraft hinein. »Chaa-aad!«

Durch die zusätzliche Anstrengung kippte aber bloß ihre Stimme.

Sie entdeckte einen Baum mit weißer Rinde und nur ein paar toten Blättern, die noch an den Zweigen hingen. Einer der Äste schien zurück Richtung Schule zu weisen. Sie prägte ihn sich fest ein.

Ein Stück hinter dem Baum bemerkte sie einen dunklen, schlammigen Bereich. Direkt auf dem Schlamm schwebte eine schaumige Schleimschicht.

Vorsichtig ging sie darauf zu.

Sie glaubte nicht, dass es der Schlammtümpel vom Vortag war. Auf einmal erinnerte sie sich, dass der ja seitlich an einem Berg gelegen hatte. Hier war der Boden ringsum ziemlich eben.

Sie hängte ihren Essensbeutel an einen Ast, dann schob sie sich dicht an den Schlamm heran. Wie beim letzten Mal lagen auch diesmal keine Blätter darauf, aber ringsum waren sie überall auf den Boden gefallen. Sie kniete sich neben den Tümpel und spürte die Wärme, die von dem schlierigen Schlamm aufstieg. Ihre Haut kribbelte, aber das konnte auch an der Angst liegen, die versuchte, ihrem Kopf einen Streich zu spielen.

Sie hob ein Blatt auf, das ungefähr so groß war wie ihre Hand, und hielt es am Stängel fest. Dann senkte sie es langsam in den Schlamm. Als sie es wieder herauszog, war die obere Hälfte vollkommen weg. Sie ließ es fallen und wich im Aufstehen panisch zurück.

Gerade als sie nach ihrem Essensbeutel griff, entdeckte sie einen zweiten Tümpel mit schlierigem Schlamm, der ein Stück weiter entfernt lag. Dahinter erkannte sie etwas, das noch einmal wie zwei Tümpel aussah.

Sie rannte zu dem weißen Baum zurück, dessen Ast in Richtung Schule wies.

Es war noch nicht zu spät, umzukehren. Wenn sie sich beeilte, würde sie vielleicht keinen Ärger bekommen. Sie konnte zu Mrs Latherly gehen, sich die Allergietablette abholen und ihre Hand neu verbinden lassen. Dann würde ihr Mrs Latherly eine Entschuldigung schreiben, wieso sie zu spät zum Unterricht erschien.

Der Ast zeigte in die eine Richtung. Tamaya nahm die andere.

»Chaaaaaaad!«, schrie sie. Diesmal kippte ihre Stimme nicht. Tamaya lief tiefer in den Wald.

$$2 \times 65.536 = 131.072$$
$$2 \times 131.072 = 262.144$$

20

DREI MONATE SPÄTER

Im Februar des folgenden Jahres, drei Monate nachdem Tamaya in den Wald zurückging, um Chad zu suchen, berief der Senatsausschuss für Energie und Umwelt eine neue Reihe von Anhörungen ein. Diese Anhörungen waren nicht geheim. Inzwischen wusste die ganze Welt über SunRay Farm, Biolen und die Katastrophe, die in Heath Cliff in Pennsylvania passiert war, Bescheid.

Dr. Peter Smythe, der stellvertretende Direktor der Seuchenschutzbehörde, machte bei diesen Anhörungen zur Katastrophe von Heath Cliff folgende Zeugenaussage:

SENATOR WRIGHT: War es Ihnen möglich, den Mikroorganismus zu identifizieren?

DR. PETER SMYTHE: Nein, damals nicht. Er entsprach keinem von denen, die wir in unserer Datenbank hatten.

SENATOR WRIGHT: Hatten Sie oder irgendjemand sonst in Ihrer Behörde den Typus von Ausschlag schon jemals zuvor gesehen?

DR. PETER SMYTHE: Noch einmal nein. Und wir wussten auch nicht, wie man ihn behandelt. Es gab einfach kein Mittel.

SENATOR WRIGHT: Und daraufhin haben Sie die Quarantäne angeordnet?

DR. PETER SMYTHE: Die Quarantäne wurde auf meine Empfehlung hin vom Präsidenten angeordnet. Niemand durfte Heath Cliff und den engeren Umkreis verlassen. Das schloss auch unsere eigenen Ärzte und Wissenschaftler ein. Sobald sie die Quarantänezone betraten, konnten sie nicht mehr zurück. Tausende Menschen hatten sich infiziert, fünf waren bereits gestorben – der eine, den wir im Wald fanden, und danach vier weitere, die sich später infiziert hatten.

SENATOR FOOTE: Und alles wegen einem kleinen Mädchen?

DR. PETER SMYTHE: Eine Woche nachdem Tamaya Dhilwaddi in den Wald ging, wiesen mehr als fünfhundert Personen Anzeichen des Ausschlags auf, einschließlich vieler ihrer Klassenkameraden. Doch es wäre falsch, zu vermuten, dass die ganze Epidemie von Tamaya ausgelöst wurde. Die angreifenden Organismen hatten schlicht die gesamte Umwelt erfasst. Bis der erste Schnee fiel, hatte sich der sogenannte schlierige Schlamm auf Rasenflächen und Blumenbeete in ganz Heath Cliff ausgebreitet.

21

MITTWOCH, 3. NOVEMBER, 13.21 UHR

Ein toter Baum lag auf der Seite, zum Teil von abgebrochenen Ästen gestützt. Tamaya schoss ein Bild durch den Kopf, wie Marshall auf einem Baum gestanden hatte, der umgestürzt war. Sie lief auf den Baum zu.

Von Nahem wirkte er größer, als sie ihn in Erinnerung hatte. Ein dicker Ast mit vielen kleineren, die von ihm abzweigten, ragte fast senkrecht aus dem Stamm hoch. Sie bezweifelte, dass es derselbe Baum war.

Ein Stück von der Rinde zerbröselte, als sie nach dem Ansatz des dicksten Astes fasste. Sie zog sich hinauf, dann schaute sie sich um, genau so, wie es Marshall getan hatte. Weiter vorn fiel der Boden fast senkrecht in eine Felsspalte ab. Auf der anderen Seite der Spalte erhoben sich zwei Berge.

Einer dieser Berge konnte der sein, an dem sie Chad zurückgelassen hatten. Sie legte die Hände um den Mund wie ein Megafon und versuchte, ihre kleine Stimme über das riesige Waldgebiet zu schleudern.

»Chaaaaaaaad!«

Ihre Augen suchten die beiden Hänge ab, in der Hoffnung, Marshalls Felsvorsprung zu entdecken, doch sie sah nur Bäume und nichts als Bäume. Sie sprang wieder von dem Stamm herunter.

Der Boden unter ihrem linken Fuß machte Platsch.

Noch bevor sie hinschaute, begriff sie, was sie getan hatte. Entsetzt starrte sie auf ihren linken Fuß, der bis zum Knöchel in schlierigem Schlamm steckte. Sie versuchte freizukommen, doch der Fuß rührte sich nicht. Der Schlamm hielt ihn fest. Sie spürte, wie die Wärme in ihre Socke zog.

Der rechte Fuß war sicher gelandet, genau am Rand des Schlammtümpels. Sie machte einen großen Schritt zurück auf den umgestürzten Baum zu und griff nach einem der kleinen toten Zweige. Als sie verzweifelt und mit aller Kraft daran zog, riss seine raue, scharfe Oberfläche die Blasen an ihrer Haut auf.

Der Ast brach genau in dem Moment, als ihr Fuß freikam. Sie stürzte fast in den Schlamm zurück, schaffte es aber zum Glück, ihren Schwung zur Seite zu lenken, und landete auf trockenem, laubbedecktem Boden.

Sofort riss sie sich den Turnschuh vom Fuß und danach die Socke. Jetzt hatte sie Schlamm an den Fingern und wischte sie hastig an Pullover und Rock ab.

Schließlich zog sie den Pullover aus und benutzte ihn so gut es ging, um das Bein und den Fuß zu säubern.

Sie zog den Stoff zwischen den Zehen hin und her und rieb immer weiter, auch als sie längst keinen Schlamm an der Haut mehr sah.

Sie machte sich mehr Sorgen um das, was sie nicht sehen konnte.

Sie ließ den schlammigen Pullover auf dem toten Baum liegen. Mit dem Essensbeutel in der Hand, einen Schuh aus, einen Schuh an, ging sie den Abhang hinunter in Richtung Felsspalte.

»Chaa-aaaa-aad!«

$$2 \times 262.144 = 524.288$$
$$2 \times 524.288 = 1.048.576$$

22

MITTWOCH, 3. NOVEMBER, 13.45 UHR

Zu Beginn des Schuljahrs musste immer ein Elternteil oder Erziehungsberechtigter der Schüler an der Woodridge Academy haufenweise Formblätter ausfüllen. Unter anderem sollte die Schule so mit den diversen Telefonnummern und Kontaktinfos für einen Notfall versorgt werden.

Diese Telefonnummern wurden nun Klasse für Klasse in alphabetischer Reihenfolge angerufen. Von ihrem Büro aus hörte Mrs Thaxton, wie Mr Franks und Mrs Latherly einen Anruf nach dem anderen machten.

»Es hat einen Zwischenfall gegeben ...«

»Ihr Kind ist in keiner Gefahr. Es geht nur um Vorsichtsmaßnahmen ...«

»Nein, *Sie* müssen Ihre Tochter persönlich abholen. Ihr Babysitter steht nicht auf unserer Liste. Wenn Sie uns die von Ihnen unterschriebene Vollmacht faxen oder mailen wollen ...«

»Wegen morgen wurde noch keine Entscheidung getroffen. Wir werden noch rechtzeitig eine Rundmail verschicken ...«

Mrs Thaxton wusste, dass sie ebenfalls Anrufe hätte

übernehmen sollen, doch sie konnte sich nicht dazu durchringen. Sie hatte gerade mit Tamayas Mutter gesprochen, die sich nach der hinterlassenen Nachricht von Mrs Latherly bei der Schule gemeldet hatte.

Nein, sie habe Tamaya nicht nach der Mittagspause abgeholt. Ja, sie wisse von dem Ausschlag und wolle mit Tamaya deswegen zum Arzt, aber erst nach der Schule. *Was soll denn das alles? Wo ist Tamaya?*

Mrs Dhilwaddi befand sich inzwischen auf dem Heimweg. Ihre einzige Hoffnung war, dass sich Tamaya entschlossen hatte, allein nach Hause zu gehen, ohne jemandem Bescheid zu sagen. Aber sie wussten genau, dass Tamaya so etwas niemals getan hätte.

Mrs Thaxtons Kinn zitterte, ihr Blick war verschwommen von Tränen. Sie machte sich den Vorwurf, die Schule nicht gleich gesperrt zu haben, als sie von Chad Hilligans Verschwinden erfuhr. Sie hätte es sofort in dem Moment tun sollen. Besser überreagieren als zu wenig tun.

Aber sie wusste, was Chad für ein Junge war. Wo immer er steckte, was immer ihm passiert war, sie hatte beim besten Willen nicht damit gerechnet, dass es irgendetwas mit dem Rest der Schule zu tun haben könnte. Nicht dass sie sich keine Sorgen um ihn gemacht hatte. Sie war sogar sehr besorgt gewesen. Sie hatte nur sein Verschwinden nicht als Anzeichen einer Gefahr für alle anderen Schüler empfunden.

Sie erinnerte sich daran, wie Chad und seine Mutter das erste Mal in ihrem Büro erschienen waren. Seine Mutter hatte einen Scheck für das Schulgeld ausgestellt, ihn herübergereicht und danach vor dem Jungen erklärt: »Ab jetzt ist er Ihr Problem.«

Tamaya war anders. Sie war das krasse Gegenteil von Chad. Sie hatte Respekt vor ihren Lehrern und verhielt sich stets rücksichtsvoll gegenüber andern. Sie hielt sich an die Regeln. Sie war der Schülertyp, den Lehrer leicht übersahen, und genau das, begriff Mrs Thaxton jetzt, konnte der Grund sein, wieso ihr Verschwinden niemand bemerkt hatte.

Mrs Thaxton presste die Augen fest zusammen. Sie wusste, sie musste stark sein in diesem Moment der Krise.

Zwei Kinder, die vermisst wurden. Zwei Kinder in zwei Tagen.

Sie wusste noch nicht, dass auch ein drittes Kind vermisst werden würde. Sie nahm an, dass Marshall heil und gesund zurück in seiner Klasse war. Mrs Davison dagegen nahm an, dass er noch bei der Direktorin sei.

Niemand machte sich Sorgen um den *armen Marshall*.

23

MITTWOCH, 3. NOVEMBER, 14.00 UHR

Der Boden unter Tamayas kalten bloßen Füßen war fast überall angenehm weich, trotzdem musste sie vorsichtig gehen, um nicht auf irgendwelche Holzsplitter oder spitze Steine zu treten, die sich unter den heruntergefallenen Blättern verbargen. Ihr Ausschlag hatte sich inzwischen über den ganzen Arm ausgebreitet und sie sah auch schon an der anderen Hand die kleinen roten Pusteln. Es kribbelte überall, auch wenn sie nicht wusste, ob das von dem Schlamm oder von ihrer Angst kam. Sie hatte das Gefühl, wo sie auch hinschaute, überall entdeckte sie weitere Schlammtümpel.

Doch so schlimm ihr das Ganze auch vorkam, sie wusste, für Chad musste es zehnmal schlimmer sein. Wenigstens war sie gestern noch in der Lage gewesen, nach Hause zu gehen. Sie hatte die Möglichkeit gehabt, zu baden und danach frische Sachen anzuziehen.

»Chaaa–«, fing sie gerade wieder an zu rufen, doch plötzlich schnappte sie nach Luft und schlug sich die Hand vor den Mund. Ein Stück vor ihr lag ein totes Tier, halb überzogen von Schlamm und Schaum. Eilig wandte sie den Kopf zur Seite.

Es konnte ein Waschbär gewesen sein oder vielleicht auch ein kleiner Hund. Durch den Schlamm war es schwer zu erkennen und sie mochte nicht genauer hinschauen.

Sie machte einen weiten Bogen um das Tier und kontrollierte jeden Schritt, bevor sie den Fuß vorsichtig aufsetzte.

Tamaya überlegte, ob es wohl irgendwo noch jemanden gab, der von dem schlierigen Schlamm wusste. Sie hatte versucht, Mrs Latherly davon zu erzählen, doch die Schulschwester hatte sich mehr um Erdnussbutter gesorgt! Selbst Marshall hatte es nicht kapieren wollen.

War es möglich, dass sie als Einzige auf der Welt davon wusste? Der Gedanke versetzte sie in Angst, aber gleichzeitig war er es auch, der sie weitergehen ließ.

Wenn nicht sie, wer dann?

Sie war entschlossen, es zu den Bergen auf der anderen Seite der Felsspalte zu schaffen. »Chaaa-aaad!«, rief sie. »Bist du hier irgendwo?«

Als der Berghang steiler wurde, musste sie sich an Ästen festhalten, um nicht das Gleichgewicht zu verlieren. Sie sprang von Baum zu Baum Richtung Felsspalte.

Ganz unten, dicht vor der Spalte, gab es nur wenige Bäume, und der Abhang wurde noch einmal deutlich steiler. Tamaya konnte direkt in die Felsspalte hinabsehen. Sie war mehr als zur Hälfte voll mit dem schlierigen Schlamm.

Tamaya ging vorsichtig in die Hocke und wickelte das obere Ende von ihrem Essensbeutel hoch, um ja nichts vom Inhalt zu ruinieren. Dann rutschte sie hinab in Richtung Schlamm und nutzte den Fuß mit dem Turnschuh als Bremse, damit sie ja nicht zu schnell wurde.

Der Abhang war zu steil, und sie versuchte, seitlich zu gehen. Sie fasste nach einem Grasbüschel, um sich festzuhalten, doch das Gras löste sich aus dem Boden und sie fiel auf den Bauch. Ihre Knie schrammten über spitze Steine hinweg, schließlich stieß ihr Fuß gegen einen größeren Felsbrocken, der sie aufhielt.

Sie griff nach einem weiteren Grasbüschel, um sich festzuhalten, und versuchte danach, vorsichtig auch den zweiten Fuß gegen den Felsbrocken zu schieben, damit sie besseren Halt hatte. Als sie über die Schulter schaute, sah sie, dass sie nur wenige Zentimeter vor dem Rand der Felsspalte lag. Eine dünne Schicht schleimiger Schaum stieg wie ein Nebel oder Rauch aus dem Schlamm hoch.

Nicht allzu weit entfernt entdeckte sie die flache Oberseite eines Felsbrockens, der aus der Erde ragte. Er würde eine gute Absprungstelle bilden. Es mussten etwa ein Meter achtzig sein von der einen Seite der Felsspalte zur andern.

Sie bewegte sich wie ein Krebs über den Abhang hinweg auf den flachen Felsbrocken zu und grub ihre Finger in die Erde, um ja nicht abzurutschen.

Sie wusste, sie musste es schnell tun. Wenn sie auch nur eine halbe Sekunde zögerte, konnte sie im Schlamm landen.

Sie stemmte sich hoch, wirbelte herum und stieß den Fuß mit dem Turnschuh fest auf den Fels. Dann sprang sie und traf die andere Seite nur wenige Zentimeter über dem Schlamm. Den Schwung nutzend, kroch sie weiter nach oben, weg von der Spalte.

Erst als sie wieder auf den Beinen war und einem trockenen Bachbett folgte, spürte sie den Schmerz von all den Prellungen an Händen, Armen, Knien und Beinen. Ihr Shirt hatte sich beim Rutschen ein wenig nach oben geschoben, und sie sah, dass sie auch am Bauch überall Schrammen und Kratzer hatte. Doch sie wusste, dass ihre Schmerzen nichts gegen das waren, was Chad erleiden musste.

»Chaaa-aaad!«

Das Bachbett wand sich zwischen den beiden Bergen, die sie von der anderen Seite der Spalte gesehen hatte. Immer wieder schaute sie von einem Berg zum andern in der Hoffnung, Marshalls Felsvorsprung zu entdecken. Doch selbst wenn sie ihn fand, hieß das nicht, dass Chad noch in der Nähe war.

»Chaaaaaad!« Ihre Kehle war trocken und ihre schwache Stimme noch schwächer als sonst.

Einen Moment lang glaubte sie etwas zu hören. Sie blieb stehen und horchte.

Der Wald schwieg. Als sie den Weg zurückschaute, den sie gekommen war, fragte sie sich, ob sie je wieder aus dem Wald herausfinden würde. Sie wollte nicht noch einmal die Felsspalte überqueren müssen.

Sie hörte ein Geräusch. Zweige knackten. Dann Schritte. Die Schritte klangen ungleichmäßig, als wenn jemand stapfte und taumelte.

Dann sah sie ihn. Er stürzte durch ein Wirrwarr aus Zweigen und dürren Ästen.

Tamaya erstarrte.

»Ich bin hier!«, rief er, doch seine Stimme war nicht viel mehr als ein kratziges Flüstern.

Er holte ein paarmal tief, aber unregelmäßig Luft, dann bahnte er sich weiter einen Weg auf sie zu. »Ich bin hier«, wiederholte er schwach.

Sein Gesicht war übersät von Blasen, überkrustet mit Dreck und getrocknetem Blut und so schlimm geschwollen, dass sie kaum seine Augen erkennen konnte.

Sie hob die Hand zum Mund, brach die Bewegung aber ab, weil sie den Ausschlag nicht auch noch auf Lippen und Zunge bekommen wollte.

Er kam näher. »Wo warst du?«, rief er, als er nur noch ein paar Zentimeter von ihr entfernt war. Er sank auf die Knie. »Ich bin hier«, wimmerte er. »Wo warst du?«

Sie war überfordert von Entsetzen, Abscheu und Mitleid. Als sie sprach, sprach sie ganz leise.

»Hast du Hunger?«

$$2 \times 1.048.576 = 2.097.152$$
$$2 \times 2.097.152 = 4.194.304$$

24

DIE SITUATION IN HEATH CLIFF
(DREI MONATE SPÄTER)

Drei Monate nachdem Tamaya Chad im Wald gefunden hatte, wurde Jonathan Fitzman vorgeladen, bei den Anhörungen zur Heath-Cliff-Katastrophe Rede und Antwort zu stehen.

Donna Jones, eine Anwältin von SunRay Farm, saß Fitzy zur Seite. Miss Jones hatte Jonathan Fitzman angewiesen, auf keinen Fall das Wort *Katastrophe* zu gebrauchen. Stattdessen solle er immer von der »Situation in Heath Cliff« sprechen.

DONNA JONES: Es gibt keinen Beweis einer Verbindung zwischen Biolen und der Situation in Heath Cliff.

SENATOR WRIGHT: Das wollen wir ja gerade feststellen. Vor etwa eineinhalb Jahren, als Sie das erste Mal vor diesem Ausschuss sprachen, haben Sie behauptet, dass Ihre Ergonyme in einer normalen Umgebung nicht überleben könnten. Richtig? Sie haben gesagt, der Sauerstoff in der Luft würde sie, schwupps, einfach töten.

JONATHAN FITZMAN: Das ist korrekt. Das habe ich immer gesagt. Die Katastrophe – ich meine, die Situation in Heath Cliff – ist wirklich schrecklich, und ich fühle mich grauenvoll, wenn ich an die Menschen dort denke, aber meine Ergies können das unmöglich ausgelöst haben.

SENATOR WRIGHT: Nur um es noch einmal festzuhalten! Nach dem Züchten der Ergonyme werden sie von Ihnen mit anderen Substanzen verbunden und in Biolen verwandelt, ist das richtig?

JONATHAN FITZMAN: Es ist wesentlich komplizierter, aber ich denke, im Großen und Ganzen kommt es dem Prozess schon recht nahe.

SENATOR WRIGHT: Meine Frage ist die: Leben die Ergonyme in der Biolen-Lösung noch?

DONNA JONES: Es gibt keinen Beweis einer Verbindung zwischen Biolen und der Situation in Heath Cliff.

SENATOR WRIGHT: Ich möchte nur wissen: Sind die Ergonyme im Biolen noch am Leben?

JONATHAN FITZMAN: Ja, es ist doch gerade ihre Vitalität, die ihnen die Energie verleiht.

SENATOR WRIGHT: Und reproduzieren sie sich dann immer noch alle sechsunddreißig Minuten?

JONATHAN FITZMAN: Nein. Sobald sie im Biolen erstarrt sind, gibt es keine weitere Zellteilung. Andernfalls würde das Verhältnis ja nicht mehr stimmen. Hören Sie, Sie müssen begreifen: Wenn ich glauben würde, dass meine Ergies jemanden töten, hätte ich sie doch nie in die Welt entlassen. Biolen ist dazu gedacht, die Menschheit zu retten, nicht uns zu vernichten.

SENATOR WRIGHT: Mr Fitzman, bitte versuchen Sie, nicht so stark mit den Armen zu rudern. Sie hätten fast Ihre Anwältin getroffen.

DONNA JONES: Ich bin das gewohnt, Herr Senator. Ich habe gelernt, zu wissen, wann ich mich ducken muss.

SENATOR HALTINGS: Ich weiß, Sie haben gesagt, dass Sie alle Vorsorgemaßnahmen in Sachen Sicherheit unternommen haben, aber nehmen Sie einmal an, Mr Fitzman – nehmen Sie einfach mal an, etwas Biolen würde auslaufen. Ich gehe davon aus, der größte Teil der Flüssigkeit würde dann doch verdunsten.

JONATHAN FITZMAN: Ja, und die Ergies würden zerfallen.

SENATOR HALTINGS: Und wenn sie nicht sterben würden, könnten sie sich dann wieder reproduzieren?

JONATHAN FITZMAN: Das weiß ich nicht. Vielleicht, wenn sie noch leben würden, doch bis die ganze Flüssigkeit verdunstet ist, hätte sie die Luft bereits abgetötet. Jedes Auto, das mit Biolen fährt, muss mit einem luftdichten Einspritzsystem für den Treibstoff ausgerüstet sein. Inzwischen arbeite ich an einer Möglichkeit, die dafür sorgt, dass die Treibstofftanks im Winter warm bleiben, auch wenn der Motor ausgeschaltet ist und das Fahrzeug draußen, in Eis und Schnee, abgestellt wurde.

SENATOR HALTINGS: Sie haben im letzten Jahr ausgesagt, dass ein Ergonym alle sechsunddreißig Minuten eine Zellteilung erfährt.

JONATHAN FITZMAN: Ja, bis sie in Biolen erstarrt sind.

SENATOR HALTINGS: Gibt es bei den ständigen Milliarden und Abermilliarden Zellteilungen denn überhaupt keine Mutationen?

DONNA JONES: Es gibt keinen Beweis einer Verbindung zwischen Biolen und der Situation in Heath Cliff.

JONATHAN FITZMAN: Sie müssen wissen: Natürlich werden Mutationen vorkommen. Aber das ist doch kein Grund, dass alle Welt plötzlich ausrastet. Wenn normalerweise eine Zellteilung erfolgt, ist der neue Organismus eine exakte Kopie des Originals. Wenn es aber eine Mutation gibt, bedeutet das eine Art Fehler. Aus irgendeinem Grund ist die Kopie nicht exakt. Doch der defekte Organismus ist gewöhnlich nicht überlebensfähig, und damit Schluss, aus, Ende. Und die übrigen Ergies tun weiter das, was sie zuvor auch getan haben.

SENATOR HALTINGS: Aber ist es denkbar, dass ein Ergonym so mutiert sein könnte, dass es in Sauerstoff überlebt?

JONATHAN FITZMAN: Die Chance, dass so etwas passiert, liegt bei eins zu einer Billion.

SENATOR HALTINGS: Eins zu einer Billion. Na gut. Das letzte Mal, als Sie hier waren, haben Sie ausgesagt, dass es mehr als eine Billiarde Ergonyme in einem Liter Biolen gibt. Das heißt, eine Billiarde geteilt durch eine Billion ergibt tausend. Bei einem Verhältnis von eins zu einer Billion hieße das also, dass es in einem Liter Biolen tausend Ergonyme gibt, die in einer natürlichen Umgebung überleben können.

JONATHAN FITZMAN: Nein, so ist das nicht richtig. Ich habe die Zahl der Mutationen schon einkalkuliert, als ich sagte, das Verhältnis ist eins zu einer Billion. Sie multiplizieren sich doppelt.

SENATOR HALTINGS: Nehmen wir mal an, jemand verschüttet ein paar Tropfen Biolen und alle normalen Ergonyme sterben, schwupps, sofort ab. Aber es könnte ein mutiertes Ergonym überleben. Dann schafft es nach sechsunddreißig Minuten eine exakte Kopie seiner selbst. Schon haben wir zwei Ergies, die beide fähig sind, in Sauerstoff zu überleben. Und nach weiteren sechsunddreißig Minuten vier. Und nach nur einem Tag wären es mehr als eine Milliarde dieser sauerstoffresistenten Ergonyme. Und sechsunddreißig Minuten später eine weitere Millliarde.

DONNA JONES: Das ist pure Spekulation. Ich denke, wir können uns alle darauf einigen, dass es keinen schlüssigen Beweis einer Verbindung zwischen Biolen und der Situation in Heath Cliff gibt.

SENATOR HALTINGS: Was hat Sie zu dem Schluss gebracht, dass man die Treibstofftanks im Winter warmhalten muss?

DONNA JONES: Mr Fitzman will lediglich sichergehen, dass Menschen, die Biolen-betriebene Autos fahren, keine Schwierigkeiten bekommen.

JONATHAN FITZMAN: Sie müssen verstehen, ich wollte doch nie jemanden verletzen.

SENATOR HALTINGS: Unglücklicherweise wurden aber viele Menschen verletzt.

25

MITTWOCH, 3. NOVEMBER, 14.12 UHR

Eine lange Schlange von Autos erstreckte sich vom Eingang zur Woodridge Academy den ganzen Weg entlang bis zur Richmond Road und blockierte den Verkehr. Viele der Mütter und Väter am Steuer hatten Tränen in den Augen. Die Namen der vermissten Schüler waren ihnen nicht genannt worden, nur dass ihre eigenen Kinder in Sicherheit seien.

Vor dem Eingang trat ein Lehrer an jeden Wagen heran, überprüfte die Identität des Fahrers oder der Fahrerin, ging danach in den richtigen Klassenraum und begleitete das entsprechende Kind zum Auto. Die Schüler wurden immer wieder von den Umarmungen und Küssen ihrer Eltern geradezu überrumpelt und reagierten verlegen.

Ein Beamter in Uniform passte auf.

Es war ein langsamer Prozess und er hatte sich gerade noch einmal verlangsamt. Vor der Schule stand ein Wagen, der sich schon lange nicht mehr bewegt hatte.

Der Vater am Steuer, der so lange geduldig in der Schlange gewartet und immer wieder im Stillen sein Glück beschworen hatte, hatte sich der Lehrerin, die schließlich auf ihn zutrat, als John Walsh vorgestellt. Er hatte ihr seinen Führerschein gezeigt und erklärt, er sei Marshall Walshs Vater.

»Er geht in die Siebte.«

Die Lehrerin hatte ihn angelächelt und erklärt, sie kenne Marshall schon seit der vierten Klasse. »Er ist ein wunderbarer Junge.«

Mr Walsh wartete. Er sah, wie andere Wagen vor und hinter ihm anhielten. Eltern und Kinder wurden zusammengeführt. Die Wagen fuhren davon, andere nahmen ihren Platz ein.

Noch immer wartete er und wurde mit jeder Sekunde nervöser. Seine Hände umklammerten das Lenkrad.

Die Stimme von Mrs Thaxton ertönte aus dem Lautsprechersystem, das draußen genauso gut zu hören war wie in den Klassenzimmern. »Marshall Walsh, bitte melde dich im Büro.«

Mr Walsh begann zu zittern.

Mrs Thaxtons Stimme ertönte noch einmal und klang jetzt ein bisschen panischer. »Marshall Walsh, komm bitte sofort in mein Büro.«

Ein wenig später kehrte die Lehrerin zu Mr Walshs Wagen zurück, aber nicht mit Marshall, sondern mit einem Polizisten.

26

MITTWOCH, 3. NOVEMBER, 14.22 UHR

Tamaya zitterte, als sie das Saftpäckchen aus dem Beutel zog. Mit den Zähnen riss sie die Plastikfolie vom Strohhalm.

Chad, der noch immer wie ein verwundetes Tier am Boden lag, rieb mit den blasigen Händen über seine Arme, um warm zu bleiben. »Was machst du?«, krächzte er.

»Warte einen Augenblick«, sagte Tamaya. Sie musste sich darauf konzentrieren, ihre Hände ruhig zu halten, damit sie das spitze Ende des Strohhalms ins Päckchen stechen konnte.

»Okay, streck deine Hand aus.«

Sie legte ihm das Saftpäckchen in die Hand und spürte einen Schauer von Ekel, als seine Finger ihre berührten.

Während sie zusah, wie Chad mit dem Strohhalm herumfummelte, bis er ihn schließlich zwischen die geschwollenen Lippen schob, wischte sie sich die Hände an ihrem Rock ab.

Chad saugte den Saft komplett ein und hörte auch danach nicht auf mit dem Saugen, bis die Seitenwände des Päckchens nach innen sackten.

»Willst du ein Sandwich?«, fragte sie.

Sie löste den Deckel der Plastikschale. Das Sandwich war mit Erdnussbutter und Marmelade bestrichen, die Brotkruste abgeschnitten. Sie musste daran denken, was Mrs Latherly gesagt hatte, und musste fast lachen. *Meine Güte, ich hoffe, du bist nicht allergisch,* dachte sie.

Er sprang auf sie zu. Sie keuchte, als ihr seine eine Hand in den Nacken klatschte. Die andere Hand packte ihre Schulter. Tamaya taumelte rückwärts, als er ihr den Essensbeutel aus der Hand riss.

Das Sandwich fiel zu Boden.

Chad setzte sich wieder hin. Er wühlte in dem Sack rum und zog einen Müsliriegel heraus.

»Wieso hast du das gemacht?«, fragte sie. »Ich hätte ihn dir doch gegeben.«

Er riss die Verpackung weg und vertilgte den Riegel in drei schnellen Bissen.

»Du verschluckst dich gleich, wenn du nicht aufpasst«, warnte sie ihn.

»Ich weiß, wer du bist«, sagte er, während er den Rest des Riegels kaute. »Du bist Tamaya, Marshalls kleine Freundin.«

»Ja und? Ich hab nie was anderes behauptet.«

»Du hast das hier gemacht«, beschuldigte er sie. »Die ganze Zeit hab ich an all das gedacht, was ich dir antun würde, wenn ich dich jemals wiedersehe, und jetzt bist du da.«

Tamaya biss sich auf die Lippe. »Tut mir leid«, sagte sie. »Ich wusste nicht, dass dich der Schlamm blind machen würde. Aber du hättest ja auch Marshall nicht zusammenschlagen müssen. Außerdem hast du gesagt, ich wär als Nächstes dran.«

»Na und? Meinst du vielleicht, ich tu's nicht?«, antwortete Chad. »Nur weil du ein Mädchen bist?«

»Der Schlamm hat mich auch verätzt«, erklärte ihm Tamaya. »Meine Hand und der Arm sind voller Blasen, vielleicht auch mein Gesicht, keine Ahnung. In dem Schlamm ist irgendwas Schreckliches drin.«

Unter großer Anstrengung holte er ein paarmal tief Luft. »Sucht sonst noch jemand nach mir?«, fragte er. »Haben die überhaupt mitgekriegt, dass ich weg bin?«

»Die ganze Schule weiß es. Alle glauben, du hast dich einer Motorradgang angeschlossen oder so was.«

Er machte ein Geräusch, das ein Lachen hätte sein können.

Tamaya schaute nach dem Sandwich, das zwischen ihnen auf dem Boden lag. Sie wollte es aufheben, hatte aber Angst, Chad zu nahe zu kommen.

»Die ganze Zeit, die ich hier draußen war«, sagte er, »hab ich ständig gedacht: *Niemand weiß Bescheid, niemand interessiert, was mit mir ist.* Immer wieder. *Niemand weiß Bescheid. Niemand kümmert es.*«

»Aber deine Eltern müssen doch gemerkt haben, dass du nicht da bist?«, sagte sie.

»Kann sein.«

»Zum Beispiel, als du nicht zum Abendbrot gekommen bist. Oder beim Schlafengehen.«

»Ja, klar«, sagte Chad. »Wahrscheinlich, als sie mich zudecken und mir noch eine Gutenachtgeschichte vorlesen wollten.« Wieder machte er dieses erstickte Lachgeräusch, das schnell in ein würgendes Husten überging.

Tamaya hatte Angst, er müsse sich übergeben.

Das Husten hörte auf und Chad holte ein paarmal kurz Luft. »Was hast du hier sonst noch drin?«, fragte er und hielt den Essensbeutel hoch.

»Mein Sandwich liegt auf dem Boden«, antwortete sie. »Ich hol's dir, wenn du versprichst, dass du mich nicht wieder anfällst.«

Er antwortete nicht.

Vorsichtig rutschte sie näher, behielt ihn aber genau im Blick. Das Sandwich war diagonal in zwei Hälften geschnitten. Sie beugte sich drüber und hob erst die eine Hälfte auf, dann die andere.

Er blieb, wo er war.

Sie schüttelte die Erde ab, so gut es ging. »Okay, ich geb's dir jetzt rüber«, sagte sie schließlich. »Aber du darfst nicht danach grapschen.«

Sie streckte ihm die eine Hälfte des Sandwichs entgegen. Er hob die Hand, dann packte er Tamaya fest am Handgelenk.

Sie gab keinen Laut von sich.

Er verdrehte ihr das Handgelenk, als er das Sandwich aus ihren Fingern nahm.

»Wieso bist du so gemein?«, fragte sie.

Er nahm einen Bissen, dann noch einen, ohne den ersten schon runtergeschluckt zu haben. Als er weiter kaute, wusste sie, dass er Probleme mit dem Schlucken hatte.

»Tut mir leid, dass ich nichts mehr zu trinken hab«,

sagte sie. »Ist bloß noch ein bisschen klein geschnittenes Obst in dem Beutel.«

Er wühlte in ihrem Essensbeutel herum und fischte schließlich den Plastikbehälter heraus. Als er den letzten Brotbissen herunterschluckte, verzog er sein Gesicht. »Das hier?«

Sie sah zu, wie er vergeblich an dem Deckel herumfummelte.

»Du verschüttest gleich alles!«, warnte sie ihn, trat schnell auf ihn zu und nahm ihm die Schachtel ab.

Er ließ es zu.

Sie öffnete den Deckel und reichte ihm das Obst zurück. »Apfel und Birne.«

Er aß einen Schnitz und genoss die Feuchte. Dann biss er erneut von dem Sandwich ab, diesmal ein kleineres Stück, danach nahm er wieder ein Obststück.

»Die Marmelade ist hausgemacht«, sagte sie, um das Schweigen zu füllen. »Aus echten Erdbeeren. Hat weniger Zucker als die, die man im Laden kriegt. Ist von meiner Mom.«

Sie wusste nicht, wieso sie ihm das erzählte, und kam sich dämlich vor.

»Schmeckt gut«, sagte Chad zu ihrer Überraschung.

Als er die eine Hälfte des Sandwichs aufgegessen hatte, reichte sie ihm die andere. »Kannst du überhaupt etwas sehen?«, fragte sie.

»Nur, wenn es direkt vor mir ist, so nah, dass ich gleich dagegenknalle. Ich seh, dass da irgendwas ist, und dann rumms!« Er machte erneut das Lachgeräusch.

Wieder aß er einen kleinen Bissen von dem Sandwich und schob einen Birnenschnitz hinterher.

»Dir muss schrecklich kalt gewesen sein«, sagte sie. »Hast du überhaupt geschlafen?«

»Wer bist du, meine Mutter?«

»Entschuldigung, dass ich mir Sorgen mache«, antwortete sie.

»Ich wette, deine Familie und du, ihr esst jeden Tag zusammen Abendbrot, was?«

Es war mehr eine Anklage als eine Frage. Sie antwortete trotzdem.

»Nur meine Mom und ich. Wenn sie nicht zu spät von der Arbeit kommt. Meine Eltern sind geschieden. Einen Bruder oder eine Schwester hab ich nicht. Mein Dad wohnt in Philadelphia.«

»Und, liest sie dir auch Gutenachtgeschichten vor?«, fragte er.

Wieder so eine Anklage.

»Manchmal lesen wir uns abends gegenseitig Geschichten vor. Sie ist gern auf dem Laufenden, was ich so in der Schule lerne.«

Tamaya wartete, dass er etwas sagte, sich mokierte, doch er schwieg.

Er aß den letzten Schnitz, dann leckte er den Boden des Plastikbehälters ab und versuchte, noch den letzten Tropfen Flüssigkeit zu erwischen.

Er ließ es geschehen, dass sie ihm den leeren Beutel wegnahm. Sie sammelte das Saftpäckchen, die Obstschachtel und den sonstigen Müll ein und steckte sie zu-

rück in den Beutel. Schließlich war sie ja keine Umwelt-
verschmutzerin.

»Niemand weiß Bescheid, niemand kümmert es«,
murmelte Chad.

$$2 \times 4.194.304 = 8.388.608$$
$$2 \times 8.388.608 = 16.777.216$$

27

MITTWOCH, 3. NOVEMBER, 14.41 UHR

Marshall schlug mit einem Stock gegen einen Baum, dann gegen den nächsten, während er ziellos durch den Wald lief. Er brach den Stock in der Mitte durch und warf die beiden Hälften in verschiedene Richtungen.

Er wusste nicht, wieso er das tat. Er wusste überhaupt nicht mehr, wieso er irgendwas tat.

Er wusste nicht, wieso er Mrs Thaxton die Wahrheit verheimlicht hatte. Er wusste nicht, wieso er sich aus der Schule geschlichen hatte. Er wusste nicht, wieso er in den Wald zurückgegangen war.

Bestimmt nicht, um nach Tamaya zu suchen. Wenn *sie* unbedingt Chad finden wollte, dann sollte sie doch. Ihr Problem!

In erster Linie hatte er einfach nur weggemusst. Weg von Mrs Thaxton. Weg von den Lehrern. Weg von allen. Wenn er von sich selbst weggekonnt hätte, hätte er das auch getan.

Nichts ergab mehr einen Sinn. Tamaya hätte doch froh sein sollen, dass Chad nicht in der Schule war. Und Mrs Thaxton tat gerade so, als wenn Chad ein echter Star-schüler war. »Hat gestern jemand Chad gesehen? Hast du mit ihm gesprochen? Was hat er gesagt? Wo wollte er hin?«

Er wollte mich zusammenschlagen, dachte Marshall und trat gegen die Blätter am Boden. *Da wollte er hin!*

Was hätte er tun sollen? Ihn an der Richmond Road treffen, damit Chad ihm den Rotz aus der Nase prügeln konnte? Wären dann alle zufrieden gewesen?

Er trat gegen einen Stein, dann folgte er ihm eilig, hob ihn auf und warf ihn so weit, wie er konnte.

»Chad hat Marshall schon das ganze Jahr über fertiggemacht«, hatte Andy gesagt. »Einfach so.«

Jeder wusste das – Andy, Laura, Cody, alle. Wieso hatte dann niemand etwas getan? Wieso waren sie nicht für ihn eingetreten? Wieso hatten sie zugelassen, dass Chad ihm das Leben derart zur Hölle machte, Tag für Tag?

Doch das war nicht die eigentliche Frage und Marshall wusste es. Die eigentliche Frage war: Wieso hatte er sich nicht selbst gewehrt?

Und die Antwort kannte er auch. Weil er ein Feigling war, so wie Chad es gesagt hatte. »Ein feiger kleiner Windelkacker!«

Wenn Laura Chad gemein fand, was dachte sie dann über ihn? *Nichts.* Marshall war für alle bloß ein mickriger Käfer, auf den Chad mit dem Fuß trat.

Er dachte daran, wie Tamaya immer zu ihm aufgesehen hatte, als ob er ihr Held wäre. *Ein Held.* Doch als es drauf ankam, war sie es gewesen, die ihn beschützt hatte. Sie hatte Chad den Schlamm ins Gesicht geschleudert. Und jetzt war sie unterwegs, um Chad zu suchen, weil er zu feige gewesen war, Mrs Thaxton die Wahrheit zu sagen.

Er überlegte, ob Tamaya vielleicht doch recht hatte mit dem Schlamm. Es klang nicht logisch. Sonst hätte doch jemand ein Warnschild aufgestellt oder so. Sie war sicher nur mit einer extrem giftigen Pflanze in Berührung gekommen.

Er blieb stehen. Direkt vor ihm lag irgendein Tier zusammengekrümmt auf einem toten Baumstamm, bereit zum Sprung.

Er behielt es scharf im Auge, beugte sich nach unten und hob einen Stein auf.

Die Sonne, die durch die Baumwipfel schien, erzeugte ein Kreuz-und-quer von Schatten und Licht über dem Wesen und machte es schwierig, genau zu sagen, was es war. Vielleicht ein Waschbär oder womöglich auch ein Dachs, überlegte er, obwohl er nicht sicher war, ob er wusste, wie ein Dachs eigentlich aussah. Das Tier schien zu fauchen.

Was immer es sein mochte, nachdem es tagsüber unterwegs war, konnte das leicht bedeuten, es hatte Tollwut.

Er drehte den Stein in der Hand. »Hey!«, rief er dem Tier zu.

Es bewegte sich nicht.

Er warf den Stein in seine Richtung und hoffte, er würde es in die Flucht treiben. Der Stein sprang von dem Baumstamm ab, das Tier regte sich immer noch nicht.

Marshall hob einen zweiten Stein auf und trat ein paar Schritte näher. »Verschwinde!«, rief er, dann ging er noch ein paar Schritte drauf zu.

Vielleicht fauchte es ja gar nicht.

Mutig wagte er einen weiteren Schritt.

Vielleicht lebte es gar nicht.

Er trat noch näher.

Vielleicht war es überhaupt kein Tier, sondern der von Schlamm durchtränkte Pullover von jemandem.

Er musste fast lachen. *Jetzt hab ich sogar schon vor einem Pullover Angst!*

Unter dem Schlamm erkannte er das Weinrot und die zum Teil verdeckten Worte *Tugend und Tapferkeit.*

Er begriff, wessen Pullover es war.

Auf der anderen Seite des Baumstamms sah er eine Pfütze mit dunklem Schlamm, überzogen von schleimigem Schaum. Er entdeckte den schlammüberzogenen Turnschuh und eine eingerollte weiße Socke, die auch mit Schlamm vollgespritzt war.

Die Socke gab den Ausschlag.

Etwas zog sich in ihm zusammen. Alle Gefühle von Scham, Selbstmitleid und Selbsthass schwanden. Er dachte jetzt überhaupt nicht mehr an sich.

»Das ist echt schrecklich«, sagte er laut.

28

MITTWOCH, 3. NOVEMBER, 14.55 UHR

Tamaya hielt das eine Ende eines langen Stocks fest, Chad hielt das andere und folgte ihr. »Ich ducke mich jetzt unter einem Ast durch«, verkündete sie, dann ging sie in die Hocke, weiter als für sie nötig, aber sie musste ja auch auf ihn achtgeben.

Der Stock war etwa einen Meter achtzig lang, an Chads Ende dicker und besaß in der Mitte eine leichte Krümmung. Tamaya hatte schon einen Haufen Zweige abgebrochen, doch ein paar Stummel waren immer noch da. Sie hielt den Stoffbeutel zwischen ihre Hand und den Stock, damit er nicht an den Blasen rieb.

Irgendwie musste sie Chad über die Felsspalte bringen. Sie überlegte, ob sie versuchen sollte, drum herum zu gehen, aber dann fand sie womöglich nicht mehr den Weg zur Schule zurück. Am besten würde es sein, dem Hinweg Schritt für Schritt in die umgekehrte Richtung zu folgen.

»Ich bin's einfach«, sagte Chad. »Was weiß ich, wieso? Ich bin's einfach.«

Tamaya hatte keine Ahnung, wovon er sprach. »Was bist du?«

»Du hast mich doch gefragt, wieso ich so gemein bin. Ich will dir nur sagen, du musst nicht glauben, dass ich's nicht weiß.«

Tamaya hätte nie erwartet, dass er die Frage tatsächlich beantworten würde. »Aber wenn du doch weißt, dass du gemein bist«, antwortete sie, »wieso lässt du es dann nicht einfach sein?«

»Keine Ahnung.«

»Du bist ja jetzt auch nicht gemein.«

»Könnte ich aber. Ich könnte dir einfach den Stock wegziehen und zuschlagen, auch wenn ich dich nicht sehe. Du würdest bestimmt losschreien, und so wüsste ich sofort, wo du bist. Je stärker du schreien würdest, desto mehr würde ich zuschlagen.«

»Ich würde nicht schreien. Ich würde mich ganz leise wegschleichen.«

»Ich würde dich wahrscheinlich trotzdem ein paarmal erwischen.«

»Wahrscheinlich«, stimmte Tamaya zu. Es war eine seltsame Unterhaltung, merkte sie, doch Chad klang nicht wütend und sie hatte keine Angst. »Aber danach wärst du allein hier draußen und wieder verloren.«

»Ich weiß. Das ergibt keinen Sinn. Aber so bescheuerte Sachen mach ich eben.«

Tamaya dachte an das, was er vorher gesagt hatte. Wie er glaubte, niemand hätte gemerkt, dass er nicht nach Hause gekommen war. »Hast du einen Bruder oder eine Schwester?«, fragte sie.

»Zwei Schwestern und einen Bruder.«

»Aber die hätten doch gemerkt, wenn du nicht nach Hause kommst?«

»Die sind perfekt«, sagte er, ohne ihre Frage zu beantworten. »Gute Noten, nie irgendwelche Probleme. Ich bin der Einzige, der missraten ist.«

Tamaya wollte ihm sagen, dass das nicht stimmte, aber es war schwierig, irgendwas Positives über ihn zu sagen. »Niemand ist nur böse«, sagte sie schließlich. »Die Leute an der Schule mögen dich.«

»Das liegt nur daran, dass ich anders bin. Ich bin nicht klug, wie ihr alle. Die Hälfte der Zeit kapier ich überhaupt nicht, was die Leute reden. Es ist, als ob alle eine fremde Sprache sprechen. Der einzige Grund, wieso ich auf eure Schule geh, ist, damit ich nicht in den Knast muss. Und es kostet meine Eltern viel Geld. Das ist das einzige Thema, das sie beschäftigt. Wie viel Geld ich sie koste.«

Tamaya fragte sich, ob er wirklich ins Gefängnis wandern würde oder ob das nur wieder eine seiner aufgebauschten Geschichten war, so wie die von dem geistesgestörten Einsiedler und seinen Wölfen, die der Mann angeblich als Haustiere hielt.

»Manchmal komm ich erst sehr spät nach Hause«, sagte er. »Niemand merkt es. Und wenn, ist es ihnen egal.«

»Wo bist du dann?«, fragte sie.

»Hier im Wald. Ich kletter so hoch, wie ich kann, und dann guck ich einfach hinab auf die Welt. Ich bring ein bisschen Holz mit und hämmer es in die Bäume, um Stufen zu bauen. Ich kletter ein bisschen nach oben und dann nagel ich die Bretter an den Baum, steig hinauf und nagle weiter. Ich will immer noch weiter nach oben.«

Über das Baumklettern zu erzählen, schien Chad mehr Energie zu geben. Das war ermutigend. Er würde all seine Kraft brauchen, um über die Felsspalte rüberzukommen.

»Ich hab deinen Baum gesehen!«, stellte sie fest. »Er ist eine meiner Wegmarken, um wieder zur Schule zurückzufinden. Folge dem weißen Ast, und dann, wenn du zu dem Baum mit den angenagelten Brettern kommst, geh nach rechts.«

»So hab ich Marshall und dich entdeckt«, sagte Chad. »Von da oben.«

Er sagte es wie etwas, worauf er stolz war, trotz allem, was passiert war.

Tamaya fragte sich, ob er den geistesgestörten Einsiedler auch von dort oben im Baum gesehen hatte. Vielleicht stammte von dort sogar das Loch in der Hose; also nicht von einem Wolfsbiss, wie er behauptet hatte, sondern vom Klettern auf Bäume.

Während sie über all das nachdachte, hatte sie einen Moment lang vergessen, auf jeden Schritt aufzupassen. Plötzlich schaute sie nach unten und sah direkt vor sich eine Pfütze mit schlierigem Schlamm.

»Stop!«, schrie sie.

Chad machte noch einen Schritt.

Der Stock schob sie nach vorn. Sie musste zur Seite springen, um nicht in den Schlamm hineinzutreten, und stürzte in ein Gebüsch.

»Was ist passiert? Alles in Ordnung? Was ist passiert?«

Zweige zerkratzten ihr Gesicht und ihre Arme. »Nicht bewegen«, warnte sie. »Der Schlamm ist direkt vor dir. Rühr dich nicht von der Stelle.«

Ihre Haare hatten sich verfangen, und sie musste sie erst vorsichtig entwirren, als sie sich aus dem Gebüsch befreite. Zudem hielt sie noch immer ihr Ende des Stocks in der Hand. »Okay«, sagte sie zu Chad. »Du musst versuchen, auf dieser Seite hier um den Schlamm zu kommen, aber es ist nur ganz wenig Platz.«

Sie führte ihn zwischen dem Gebüsch und dem Schlamm hindurch und überwachte genau jeden seiner Schritte, auch wenn sie dabei irgendwelche Zweige am Bein kratzten. »Bleib so dicht an dem Gebüsch, wie du nur kannst. Du musst seitwärts gehen.«

Er schaffte es sicher um den Schlamm herum und sie liefen weiter zu der Felsspalte hinunter. Frische Kratzer überzogen Tamayas Arme und Beine, aber Chad ging es viel schlechter, also hatte sie keinen Grund zu klagen. »Nächstes Mal, wenn ich Stop sage, musst du auch wirklich stehen bleiben!«

»Tut mir leid.«

»Du hättest mich fast in den Schlamm gestoßen.«

»Tut mir leid«, sagte er noch einmal.

Der Boden wurde steiler. Tamaya warnte Chad vor der Spalte tief unten am Ende des Steilhangs. Sie wusste, er war groß und stark genug, um den Sprung zu schaffen. Heikel würde nur sein, ihn an eine gute Absprungstelle zu führen und dann dafür zu sorgen, dass er auch in die richtige Richtung sprang.

»Ich schaff das«, versicherte er ihr.

Als der Boden extrem steil wurde, musste sie sich umdrehen und rückwärts gehen. Es war wie eine Leiter heruntersteigen. Sie umklammerte den Stock mit beiden Händen. »Egal, was du tust, lass auf keinen Fall den Stock los«, sagte sie.

»Okay.«

Sie dirigierte jeden Schritt, den er machte. »Da ist ein Stein direkt vor dir, ein kleines Stück weiter unten. Vorsicht ... Vorsicht ...«

Sie beobachtete, wie sein Fuß aufsetzte, während sie weiter Zentimeter für Zentimeter rückwärtsging. »Okay, jetzt nicht bewegen.«

Sie drehte den Hals zur Seite. Die Schlucht schien breiter, als sie sie in Erinnerung hatte, und der Schlamm tiefer. Direkt unter ihr ragte ein Felsstück aus dem Boden, genau über die Spalte. Das schien ihr der beste Ort, um zu springen.

»Ich spring zuerst«, erklärte sie ihm.

»Okay.«

»Ich lass jetzt den Stock los.«

»Okay.«

Sie zählte im Kopf. *Eins ... zwei ...*

Bei drei ließ sie den Stock los, behielt aber den Essensbeutel weiter in der Hand. Ihre Füße rutschten unter ihr weg, doch sie konnte das Gleichgewicht halten. Dann drehte sie sich um und trat mit voller Wucht auf den Vorsprung.

Der Fels gab sofort nach.

Tamaya taumelte. Ihre Knie stießen mit voller Wucht gegen den Abhang. Sie schloss gerade noch rechtzeitig die Augen und stürzte kopfüber in den Schlamm.

Ihre Füße berührten den Grund der Spalte und sie zwang den Kopf an die Oberfläche. Ihre Augen blieben geschlossen. Sie spürte, wie der warme Dreck am Gesicht und über den Augenlidern klebte. Sie versuchte, sich zu bewegen, doch es war unmöglich.

»Hast du's geschafft?«, rief Chad.

»Nein!«, schrie sie. »Ich kleb fest!«

Sie spürte etwas Sandiges auf Zähnen und Gaumen. Es schmeckte wie Nagellackentferner. Sie versuchte, es auszuspucken.

»Hilf mir!«, rief sie, dann spuckte sie wieder.

»Ich weiß nicht, was ich machen muss! Sag mir, was soll ich tun?«

»Hol mich hier raus!«

Einen Moment lang antwortete Chad nicht. Dann hörte sie ihn, näher als vorher. »Versuch den Stock zu fassen!«, schrie er.

Sie streckte den Arm aus, aber es war nichts da, wonach sie greifen konnte. »Wo? Wo ist er?«

Der Stock krachte ihr seitlich gegen den Kopf.

$$2 \times 16.777.216 = 33.554.432$$
$$2 \times 33.554.432 = 67.108.864$$

29

MITTWOCH, 3. NOVEMBER, 15.33 UHR

Tamaya war in einem Graben gefangen und rief um Hilfe. Und Chad schlug sie mit einem Stock. So jedenfalls wirkte es für Marshall von der Bergseite aus.

»Hey, lass sie in Ruhe!«, brüllte er, doch sie waren zu weit weg, um ihn zu hören.

Er jagte den Berg hinab und schlug gegen die Äste, um seinen Schwung zu verringern.

Chad schwang weiter wie ein Wilder mit dem Stock.

»Lass sie in Ruhe!«, brüllte Marshall wieder.

Sie hörten ihn immer noch nicht.

Als er die Steilstelle erreichte, grub er die Hacken seiner Turnschuhe in die Erde und schwang vor und zurück wie ein Skifahrer, runter in Richtung Spalte.

Chad stoppte mitten in der Bewegung.

»Wenn du mit jemandem kämpfen willst, dann nimm mich«, forderte ihn Marshall heraus.

»Marshall!«, schrie Tamaya. »Rette mich!«

»Lass den Stock fallen!«, befahl er. Er drängte sich weiter nach unten.

Chad schwang wieder den Stock. »Ich versuch ihr zu helfen.«

»Ich hab gesagt, lass sie in Ruhe!«

»Der Schlamm ist echt schlimm, Marshall«, rief Tamaya ihm zu. »Chad ist blind. Er versucht, mir den Stock zu reichen!«

Zum ersten Mal konnte Marshall jetzt Chads grotesk geschwollenes und von Blasen überzogenes Gesicht sehen. *Blind?* Er musste wirklich all seine Gedanken umkrempeln und zurückdrängen, um zu begreifen, was los war.

»Ich bin gleich da«, rief er zurück. »Aber hör auf, mit dem Stock rumzufuchteln!« Er glitt die letzten paar Meter bis zum Rand der Spalte und versuchte, Tamaya den Arm entgegenzustrecken. »Ich bin hier«, sagte er. »Streck deine Hand aus.«

Sie war zu weit weg. »Pass auf, dass du keinen Schlamm abkriegst«, warnte sie ihn.

Er achtete nicht auf sich, sondern schob einen Fuß über den Rand der Spalte und senkte ihn in den Schlamm, während er nach Tamaya griff. Der Schlamm reichte ihm bis übers Knie, als seine Fingerspitzen ihre Hand berührten. Schlamm klebte ihr im Gesicht. Ihre Augen waren fest geschlossen.

»Beug dich ein bisschen zu mir«, drängte er sie und rückte noch ein kleines Stück näher.

Sie beugte sich ihm entgegen.

Er packte ihre Hand. »Hab dich!«

Dann zog er mit aller Kraft, doch sie rührte sich nicht. »Versuch, einen Schritt zu machen«, forderte er sie auf.

»Versuch ich ja!«, schrie sie.

Es war aussichtslos. Er sah zu Chad, der regungslos auf der anderen Seite stand. »Chad, wir brauchen dich.«

»Ich kann nicht«, antwortete Chad.

»Du musst«, sagte Marshall.

Chad machte einen zaghaften Schritt, dann blieb er wieder stehen. »Ich kann nicht«, wiederholte er.

Marshall ließ Tamaya los. Es kostete ihn alle Kraft, sein eigenes Bein aus dem Schlamm zu heben. Er bewegte sich am Rand der Felsspalte entlang, bis er in sicherem Abstand zu Tamaya war.

»Spring in die Richtung meiner Stimme«, sagte er zu Chad. »Spring so fest und weit, wie du kannst.«

»Ich kann nicht.«

»Tu's einfach, du feiger Windelkacker!«

»Hey!«, brüllte Chad, dann kam er auf ihn zugeflogen.

Als er landete, packte ihn Marshall an den Armen, damit Chad nicht rücklings in die Schlucht fiel. »Komm schon«, drängte er.

Er führte Chad zu Tamaya zurück und sie traten jetzt beide in den Schlamm.

Tamaya streckte ihre Arme aus.

Marshall packte die eine Hand, Chad fand ihre andere. Sie zogen.

Tamaya rührte sich immer noch nicht.

»Zieh weiter!«, forderte Marshall Chad auf.

Ein tiefes Knurren drang tief aus Chads Innerem herauf und Tamaya kam ein kleines Stück näher.

Sie zogen weiter. Wieder ein Knurren von Chad und Tamaya schaffte einen leichten Schritt. Dann noch einen.

»Leg deine Hand auf meine Schulter«, erklärte ihr Marshall. Als sie es tat, schlang er seinen Arm um ihre Taille und riss sie dann hoch, hinaus aus dem ekligen Zeug.

$$2 \times 67.108.864 = 134.217.728$$
$$2 \times 134.217.728 = 268.435.456$$

30

MITTWOCH, 3. NOVEMBER, 15.55 UHR

Marshall zog seinen Pullover aus und wischte mit ihm den Schlamm von Tamayas Augen. Es gelang ihm und Chad, Tamaya gemeinsam den Berg hochzuziehen, dorthin, wo es nicht mehr so steil war. Chad saß jetzt da, den Kopf nach vorn gesenkt, und atmete schwer und ungleichmäßig.

Tamaya spürte den Druck von Marshalls Finger unter dem weichen Stoff des Pullovers, als er vorsichtig erst das eine Augenlid, dann das andere abwischte.

»Okay«, flüsterte er ihr zu.

Sie hatte Angst, die Augen zu öffnen.

»Ich bring dich nach Hause, egal, was das heißt«, versprach ihr Marshall.

Sie horchte einen Moment auf Chads kratziges Röcheln, dann löste sie den Druck und öffnete ihre Augen.

Zuerst sah sie Marshall nur ganz verschwommen, doch das konnte auch daran liegen, dass sie die Augen so lange so fest zugepresst hatte. Sie blinzelte. Sein Gesicht wurde blass und besorgt.

»Ich kann dich sehen«, sagte sie zu ihm.

Er schenkte ihr ein leichtes Lächeln.

Sie nahm ihm den Pullover ab und wischte sich den Rest Schlamm aus dem Gesicht, danach von Hals und Armen. Sie wusste, es würde nicht helfen gegen das, was in dem Schlamm steckte, was auch immer es sein mochte, doch sie fand Trost in dem Gedanken, dass sie bald wieder zu Hause sein würde. Dann konnte sie baden, sich die Haare waschen und zu Dr. Sanchez gehen.

»Hier, nimm das auch«, sagte Marshall. Er zog sich das Schulhemd über den Kopf und stülpte es dabei von innen nach außen.

»Nein, dir wird kalt.«

»Ich bin okay.«

Sie nahm sein Hemd und wischte damit ihren Mund aus. Sie rieb mit dem Stoff über Zähne und Gaumen, wickelte ihre Zunge drin ein und zog ihn dann vor und zurück.

Sie machte sich die Ohren sauber, danach die Nase, und sie benutzte den kleinen Finger, um sich den Stoff in die Nasenlöcher zu schieben.

»Hier. Danke«, sagte sie, aber Marshall hob nur die Hände. Sie ließ das Hemd fallen.

Chad stöhnte, als Marshall ihm auf die Beine half.

»Alles okay?«, fragte sie.

»Könnte nicht besser gehen«, krächzte er.

Sie hoffte, er würde es bis nach Hause schaffen. Es wurde schon dunkel.

Marshall hielt Chad am Arm fest, als er ihm den Berg hinaufhalf. Tamaya ging auf der anderen Seite von Marshall.

»Du bist ein anständiger Kerl, Marshall«, sagte Chad. »Tut mir leid ...«

Seine Stimme verlor sich, und Tamaya hatte Angst, dass er ohnmächtig würde, doch dann schien er wieder Kraft zu finden. »Willst du wissen, wieso ich dich gehasst hab?«

»Ich weiß schon, wieso«, sagte Marshall. »Du hast gedacht, ich will dich als Lügner hinstellen.«

»Als Lügner? Wann?«

Tamaya trat plötzlich mit ihrem nackten Fuß auf einen spitzen Zweig, unterdrückte aber den Schmerz. Das Wichtigste war, weiterzugehen.

Marshall erinnerte Chad daran, wie er geprahlt hatte, er wäre mit seinem Motorrad in das Büro des Schuldirektors gefahren. »Ich hab gesagt: ›Niemals!‹, aber ich meinte das nur so im Sinne von: ›Wahnsinn‹. Ich hab nie geglaubt, dass du ein Lügner bist.«

»Ja, klar, das wusste ich«, sagte Chad. »Ich hab dich einfach bloß gemobbt. Abgesehen davon, es *war* gelogen. Ich hab überhaupt noch auf keinem Motorrad gesessen. Noch nie.«

Marshall schüttelte den Kopf und lachte kurz.

Tamaya wusste, das war eine Sache zwischen Marshall und Chad und sie sollte sich raushalten, doch es ging nicht. »Und wieso hast du Marshall gehasst?«, platzte sie heraus. »Er hatte dir doch gar nichts getan!«

Chad holte tief Luft, dann sagte er etwas, dass für Tamaya klang wie *Lasagne*.

»Was?«, fragte Marshall.

»Dein Geburtstag ist doch am 29. September«, sagte Chad.

»Woher weißt du das?«

»Und deine Mutter hat dir am Abend dein Lieblingsessen gemacht.«

»Lasagne«, sagte Tamaya. Er hatte das Wort also wirklich gesagt.

»Ich hab gehört, wie du's in der Schule erzählt hast.«

»Ja und?«, fragte Marshall.

»Weißt du, wann mein Geburtstag ist?«, fragte Chad. Er wusste es natürlich nicht.

»Am 29. September«, sagte Chad.

Tamaya hatte Schwierigkeiten, das Ganze zusammenzubringen.

»Und deshalb hast du Marshall gehasst?«, fragte sie. »Weil du am selben Tag Geburtstag hast wie er?«

»Für mich hat niemand Lasagne gemacht«, sagte Chad. »Für mich hat niemand überhaupt was gemacht. Willst du wissen, was mein Dad gesagt hat? Wieso sollen wir den Tag feiern, an dem du geboren wurdest?«

»Das ist echt scheiße«, sagte Marshall.

»Aber trotzdem kein Grund, Marshall zu hassen!«, beharrte Tamaya.

»Behaupte ich ja auch gar nicht«, antwortete Chad. »Ich versuch's doch bloß zu erklären, weiter nichts. Ich finde, das bin ich dir schuldig.«

Tamaya war gerade damit beschäftigt, Chads Logik zu verstehen, als sie mit dem Fuß gegen irgendwas Hartes trat. Diesmal schaffte sie es nicht, den Schmerz zu unterdrücken. Sie schrie und stürzte auf den mit Blättern bedeckten Boden.

Marshall und Chad standen über ihr. »Ist alles in Ordnung?«

Ihr Fuß pochte wie wild. Sie hoffte nur, dass sie sich nichts gebrochen hatte.

»Mannomann«, sagte sie winselnd vor Schmerz. Dann holte sie ein paarmal tief Luft und der Schmerz ließ ein kleines bisschen nach. »Ist nur alles so dunkel. Ich seh überhaupt nicht mehr, wo ich hintrete!«

»Wovon redest du?«, fragte Marshall. »Die Sonne scheint. Ist total hell.«

Tamaya schloss die Augen. Als sie sie wieder öffnete, war es noch immer dunkel um sie herum.

$$2 \times 268.435.456 = 536.870.912$$
$$2 \times 536.870.912 = 1.073.741.824$$

31

MITTWOCH, 3. NOVEMBER, ABENDS

Marshall ging zwischen Tamaya und Chad und führte jeden an einem Arm. Er trug nur noch einen Schuh, weil er den andern Tamaya gegeben hatte. Der Schuh war viel zu groß für sie, aber sie war froh um den Schutz, selbst wenn der Schuh bei jedem Schritt etwas schlappte.

Von Nahem erkannte sie immer noch verschwommene Umrisse, genau wie es Chad beschrieben hatte, aber nur wenn sie direkt vor ihrem Gesicht auftauchten. Sie hatte jedes Zeitmaß verloren und keine Vorstellung, wie weit sie gegangen waren oder wie weit sie immer noch laufen mussten.

»Weißt du den Weg?«, fragte sie Marshall.

»Ich glaub schon.«

»Achte auf den weißen Baum mit dem Ast, der vorsticht. Er zeigt den Weg zurück.«

»Es gibt jede Menge weiße Bäume.«

»Und auf einen starken, hohen Baum, in den Holzbretter genagelt sind«, erklärte sie ihm. »Das ist Chads Baum. Von dem aus hat er uns gestern entdeckt.«

»Ich hab mehr als einen Baum«, sagte Chad. »Ich klettere auf einen, und dann seh ich plötzlich einen anderen, der noch höher zu sein scheint, also kletter ich da rauf. Ich möchte den höchsten Baum von allen finden.«

»Cool«, sagte Marshall.

»Echt? Ich dachte, ihr findet mich alle blöd. Als wenn ich ein kleines Kind wär oder so.«

»Nein, so was ist viel zu gefährlich für ein kleines Kind«, antwortete Marshall.

»Für mich auch«, stimmte Tamaya zu.

»Für dich? Niemals!«, sagte Chad. »Du hast vor gar nichts Angst. Ich nehm euch mal mit hoch. Es gibt ein paar Bretter da oben, auf denen man sitzen kann.«

Erneut hörte Tamaya die wiedergewonnene Kraft in Chads Stimme, als er über seinen Baum sprach.

»Von da oben kann man kilometerweit gucken«, erzählte Chad.

Kilometerweit? Das war eine hübsche Vorstellung, wenn man bedachte, dass Chad und sie nicht mal mehr *zentimeterweit* sehen konnten.

Plötzlich blieb Marshall stehen. Tamaya spürte, wie er ihren Arm fester packte.

Chad musste es auch gespürt haben. »Was ist?«, fragte er.

»Psst!« flüsterte Marshall. »Ich hör was.«

Tamaya horchte. Es klang wie das Aufwirbeln von Blättern und Erde. Irgendetwas bewegte sich. Ein Tier oder vielleicht auch mehrere.

»Chad«, flüsterte sie. »Als du da oben auf deinem Baum warst, hast du da wirklich den geistesgestörten Einsiedler und seine schwarzen Wölfe gesehen?«

»Ich hab einen Typen mit Bart gesehen. Aber keine Wölfe.«

Das Geräusch wurde lauter. Es musste eindeutig mehr als ein Tier sein. Ein Hund bellte. Er kam auf sie zu. Wieder ein Bellen. Von mehr als nur einem Hund.

Ein Hund bellte direkt vor Tamaya. Sie zuckte zusammen, doch dann sagte Marshall: »Er tut dir nichts. Ich glaube, jetzt sind wir gerettet.«

Aus der Ferne hörten sie eine Männerstimme rufen. »Sie sind hier lang!«

Sie beugte sich hinunter und tastete zaghaft nach einem weichen, warmen Fell. Eine feuchte Zunge leckte ihr übers Gesicht.

»Oh, nicht«, sagte sie, weil sie nicht wollte, dass der Hund auch ihren Ausschlag bekam.

»Sie sind hier!«, rief jemand, und dann redeten auf einmal ganz viele Stimmen durcheinander. »Seid ihr verletzt?« »Wie seid ihr hierhergekommen?« »Hat euch jemand was angetan?«

»Sie sind beide blind«, sagte Marshall zu ihnen. »In dem Schlamm hier draußen ist irgendwas Schlimmes.«

Sie hörte etwas, das so klang, als ob jemand telefonierte.

»Wir haben sie. Alle drei, zwei Jungen und ein Mädchen. Wir brauchen einen Krankenwagen. Nein, sie sagen, sie sind nicht entführt worden, aber wir suchen weiter.«

Tamaya spürte eine Hand auf ihrer Schulter. »Du bist jetzt in Sicherheit«, sagte eine Männerstimme. »Ich bring dich in die Schule zurück und dann kommst du ins Krankenhaus.«

»Vorsicht. Ich bin überall voll von dem Schlamm«, warnte sie ihn.

Der Mann kicherte und sagte: »Ein bisschen Schlamm hat noch niemandem geschadet.«

Sie spürte, wie er seine Arme um ihren Körper schlang und sie hochhob.

Tamaya war zu unterkühlt, zu müde und ihre Haut zu wund, um irgendwas zu erklären. Es war sowieso schon zu spät. Sie ließ sich in seinen warmen Wollmantel sinken. Er würde das mit dem Schlamm noch früh genug herausfinden. Alle würden das.

Während er sie aus dem Wald trug, fragte sie ihn nach den Namen der Hunde.

»Der, den du gestreichelt hast, ist Missy, was die Kurzform von Miss Marple ist. Außerdem haben wir noch Nero, Sherlock und Rockford. Alle sind nach berühmten Detektiven benannt.«

»Weil sie gut im Menschenfinden sind?«

»Sie sind die Besten.«

»Ich liebe Hunde«, sagte Tamaya.

32

SCHILDKRÖTEN

Das Folgende ist ein Auszug aus den Anhörungen zur Katastrophe von Heath Cliff, die drei Monate, nachdem man Tamaya aus dem Wald brachte, abgehalten wurden:

SENATOR WRIGHT: Hatten Sie die Möglichkeit, festzustellen, ob diese Organismen tatsächlich die gleichen waren wie die Ergonyme, die in Biolen verwendet werden?

DR. JUNE LEE (FORSCHERIN DER NATIONALEN GESUNDHEITSBEHÖRDE): Die DNA ist nahezu identisch, aber nicht ganz. Wir glauben, dass es ein mutierter Stamm der Biolen-Ergonyme ist.

SENATOR FOOTE: Aber gibt es nicht Millionen andere Arten von Mikroorganismen auf unserem Planeten?

DR. JUNE LEE: Ja.

SENATOR FOOTE: Und die meisten von ihnen wurden doch noch nie untersucht.

DR. JUNE LEE: Das ist richtig. Wissenschaftler haben erst ungefähr fünf Prozent aller Mikroben unserer Biosphäre identifiziert.

SENATOR FOOTE: Ist es dann nicht möglich, dass sich die Organismen, die in dem schlierigen Schlamm gefunden wurden, auf ganz natürliche Weise aus einem *dieser* unbekannten Mikrobenstämme entwickelt haben?

DR. JUNE LEE: Nein, das ist äußerst unwahrscheinlich.

SENATOR FOOTE: Aber nicht unmöglich?

DR. JUNE LEE: Äußerst unwahrscheinlich. Wenn sich diese Mikroben auf natürliche Weise entwickelt hätten, dann hätten sie sich mit so gut wie absoluter Sicherheit an das kalte Klima angepasst.

SENATOR FOOTE: Was hat die Mutation verursacht? Wie ist es dazu gekommen?

DR. JUNE LEE: Das kann ich nicht sagen. Jedes Mal, wenn sich eine Zelle teilt, gibt es eine sehr geringe Möglichkeit zur Mutation. Aber bei Milliarden und Abermilliarden Zellteilungen, die die ganze Zeit ablaufen, müssen Mutationen passieren. Das ist unvermeidbar.

SENATOR FOOTE: Wie konnte das angeblich mutierte Ergonym aus der SunRay Farm in den Wald von Heath Cliff gelangen?

DR. JUNE LEE: Auch das kann ich nicht sagen. Ein Käfer, ein Vogel, eine Windströmung – alles kann den Mikroorganismus eingeschleust haben.

SENATOR WRIGHT: Selbst wenn das alles stimmt, was Sie sagen, Dr. Lee, ist doch die entscheidende Frage: Ist das ursprüngliche Ergonym gefährlich? Ich spreche von dem, das gegenwärtig in Biolen verwendet wird, nicht von der mutierten Form. Ist es gefährlich für den Menschen oder die Umwelt?

DR. JUNE LEE: Nein, nachdem das ursprüngliche Ergonym in Sauerstoff nicht überleben kann, stellt es keine

Gefahr dar. Aber wie ich schon sagte, Mutationen wird es geben. Und in welche Richtung diese künftigen Mutationen gehen werden, kann ich Ihnen nicht sagen. Doch es wird zu weiteren Mutationen kommen. So viel ist sicher.

SENATOR WRIGHT: Vielen Dank, Frau Doktor, für Ihre Aussage und für Ihre Arbeit an der nationalen Gesundheitsbehörde. Unser Land ist Ihnen und Ihrem Institut äußerst dankbar, dass Sie es geschafft haben, ein Heilmittel gegen diese schreckliche Krankheit zu finden.

DR. JUNE LEE: Danke, aber genau genommen war es Dr. Crumbly, ein örtlicher Tierarzt, der das Mittel entdeckt hat. Wir von der nationalen Gesundheitsbehörde haben nur bei den Tests und der Massenherstellung geholfen, doch der Dank gehört allein Dr. Crumbly.

SENATOR HALTINGS: Entschuldigen Sie, haben Sie gerade gesagt, Dr. Crumbly ist Tierarzt?

DR. JUNE LEE: Tiere haben genauso unter der Seuche gelitten wie Menschen. Wenn Dr. Crumbly nicht gewesen wäre, fürchte ich, würde die Erde in Zukunft von Schildkröten beherrscht.

33

FRANKENSTEIN-ERREGER

Der Mann, der Tamaya rettete, fand es schon bald heraus. Die ganze Welt fand das mit dem Schlamm heraus.

Innerhalb weniger Stunden nach der Rettung der Kinder zeigten alle, die an der Suche beteiligt gewesen waren, erste Anzeichen des Ausschlags: Rötungen, kleine Pusteln und ein leichtes Kribbeln. Am nächsten Morgen hatten sich viele der Pusteln in Blasen verwandelt und die Menschen entdeckten beim Aufstehen eine eigenartige hautfarbene pulverige Masse auf ihren Laken. Wie sich herausstellte, war das Pulver tatsächlich ihre Haut oder zumindest das, was davon übrig geblieben war, nachdem die mutierten Ergonyme die »guten Partien« gefressen hatten.

Eine Woche nachdem Tamaya, Chad und Marshall im Wald gefunden wurden, zählte man über fünfhundert Fälle von Ausschlag in Heath Cliff. Nach zwei Wochen war die Zahl auf fünfzehntausend gestiegen.

Viele Menschen ließen sich nicht behandeln, bis es zu spät war. Mit das Heimtückischste an dem Ausschlag war, dass er nicht schmerzte, sondern nur dieses leichte Kribbeln auslöste. Normale Zellen senden Schmerzsignale an das Gehirn, doch die Mikroorganismen fraßen sich gerade durch den Teil der Zelle, der die Signale sendet. Es war, als hätte man eine Telefonleitung gekappt. Die Nervenzellen schrien: »Hilfe! Beeilung! Gefahr!«, doch das Gehirn erhielt nie die Nachricht.

Etwa zur selben Zeit, als Tamaya, Marshall und Chad in einen Krankenwagen geschoben wurden, fanden Suchkommandos die Leiche eines Menschen, der im Wald gelebt hatte – ein Mann mit sehr langem Bart.

Die drei verschollenen Kinder wurden eilig ins Regionalkrankenhaus von Heath Cliff gebracht. Proben des Schlamms wurden aus Tamayas Haaren und Kleidung genommen und an die Seuchenschutzbehörde in Atlanta und die nationale Gesundheitsbehörde in Bethesda in Maryland geschickt. Auch Fotos von ihren Händen und Armen sowie von Chads Gesicht gingen per E-Mail an diese staatlichen Stellen.

Die Ärzte im Krankenhaus suchten in ihren Medizinbüchern und im Internet, fanden jedoch nirgends etwas über den eigenartigen Typ von Ausschlag. Es gab kein Mittel dagegen. Das Einzige, was sie für Tamaya tun konnten, war, sie extrem sauber zu halten.

Sie wurde gründlich gewaschen. Die Haare wurden ihr abgeschnitten und ihr Kopf rasiert. In den nächsten Wochen wurde sie rund um die Uhr wieder und wieder mit Schwämmen gereinigt. Alle zwei Stunden, morgens, mittags und abends, wusch eine Schwester die Haut mit Wundbenzin ab. Nach jedem Waschen musste Tamaya ihren Mund mit einer Speziallösung ausspülen. Die Spülung brannte und schmeckte abscheulich, trotzdem musste sie sie eine Minute im Mund behalten, bevor sie sie ausspucken durfte. Es war ihr egal. Das Zeug schmeckte scharf.

Ihre Mutter – und später ihr Vater – besuchten sie, durften sie aber nicht anfassen. Sie sagte, dass es ihr leidtue, doch sie erklärten Tamaya immer wieder, wie stolz sie auf ihre Tochter seien.

Später, als sich die Epidemie in ganz Heath Cliff ausbreitete, wurden alle Besuche im Krankenhaus verboten, auch die ihrer Eltern. Aber über ein Handy, das ihr Vater mitgebracht hatte, konnte sie weiter mit ihnen sprechen.

Ihre Sehkraft verschlechterte sich nicht noch mehr. Wenn sie sich die Hand vors Gesicht hielt, konnte sie erkennen, dass es ihre Hand war, aber das konnte natürlich auch daran liegen, dass sie ja wusste, es war ihre Hand. Ihr Arzt probierte es mit verschiedenen anderen Formen und Gegenständen. Sie konnte korrekt einen Kreis, ein Quadrat und ein Dreieck erkennen, doch wenn er einen Damenschuh mit Absatz hochhielt, hielt sie ihn für eine Banane.

Sie fragte viel nach Marshall und Chad. Sie erfuhr, dass es Marshall einigermaßen gut ging, aber sie durfte ihn nicht besuchen. Chad war dagegen in einem sehr schlechten Zustand. Doch mehr konnte sie über ihn nicht herausfinden. Man sagte ihr, dass er, wenn er nur zwanzig Minuten später ins Krankenhaus gekommen wäre, wahrscheinlich nicht überlebt hätte.

Tamaya beklagte sich nie. Manchmal, wenn sie Angst hatte, wiederholte sie die zehn Tugenden, die sie in der Woodridge Academy hatte auswendig lernen müssen: *Anstand, Besonnenheit, Demut, Geduld, Hilfsbereitschaft, Mitgefühl, Mut, Redlichkeit, Sauberkeit und Umsicht.* In einem gewissen Maße glaubte sie, wenn sie ganz brav wäre, würde der Ausschlag verschwinden und sie könnte dann auch wieder sehen. Doch tief im Innern bereitete sie sich auch auf das Schlimmste vor. Falls es ihr nicht besser gehen würde, wollte sie in der Lage sein, der Welt mit Mut, Geduld und Anstand entgegenzutreten.

Sie lernte, die verschiedenen Krankenschwestern zu unterscheiden, nicht nur an der Stimme, sondern auch an den unterschiedlichen Geräuschen, mit denen sie ins Zimmer kamen, um sie zu waschen. Alle versicherten ihr immer wieder, dass die besten Wissenschaftler des Landes an einem Heilmittel arbeiteten.

In ihrer Gegenwart handelten alle völlig ruhig und besonnen. Nur wenn sie mit Monica telefonierte, erfuhr sie, dass die ganze Welt in Panik war.

»Der schlierige Schlamm ist überall!«, erzählte ihr Monica. »Die Schulen sind geschlossen. Nicht nur die Woodridge. Alle. Kein Mensch geht mehr raus. Ich darf eigentlich nicht mal mit dir telefonieren, weil meine Mom glaubt, die Frankenstein-Erreger kommen sogar durchs Handy.«

Alle sprachen von »schlierigem Schlamm«. Es war der Begriff, den Tamaya benutzt hatte, als sie im Krankenhaus ankam. Selbst Wissenschaftler, die man überall in Heath Cliff in ihren weißen Schutzanzügen herumlaufen sah, verwendeten den Ausdruck. Dr. Humbard, ein ehemaliger Angestellter von SunRay Farm, trat in sämlichen Fernsehnachrichten auf, was vermutlich der Grund war, dass es sich einbürgerte, von den mutierten Organismen als *Frankenstein-Erreger* zu sprechen.

Die Krankenhäuser hatten keine freien Betten mehr, deshalb wurden Schulen in Behandlungszentren für den Ausschlag umgewandelt. In den Klassenräumen und Speisesälen wurden Feldbetten aufgestellt. Überall hingen Laken, um bei den Rund-um-die-Uhr-Waschungen – durchgeführt von speziellen Krankenschwestern in Schutzkleidung – wenigstens so die Privatsphäre der Patienten zu wahren.

Der Präsident der Vereinigten Staaten ordnete an, dass Heath Cliff und die Umgebung unter Quarantäne gestellt wurden. Keiner durfte die Gegend verlassen, egal, ob er Ausschlagsymptome zeigte oder nicht. Der Flughafen und die Bahnhöfe wurden geschlossen. Die Nationalgarde von Pennsylvania patrouillierte an sämtlichen Autobahnen und Straßen.

34

DIENSTAG, 23. NOVEMBER

Miss Marple lag in einer Kiste in Dr. Crumblys Praxis. Dr. Crumbly stand daneben, mit einer Spritze in der Hand. Er war froh, dass die arme Hündin schlief. Wenn sie schlief, musste sie nicht leiden.

Weil sie ein bisschen von einem australischen Schäferhund, ein bisschen von einem Chow-Chow und ein bisschen von was auch immer abstammte, hatte Miss Marple normalerweise ein dichtes graues Fell mit weißen, schwarzen und braunen Flecken. Der größte Teil des Fells war ihr jedoch ausgefallen. Die nackte Haut war mit Blasen übersät. Und sie war taub und blind geworden.

Im Traum lief Missy durch den Wald. Alle Sinne waren hellwach, als sie nach den verschwundenen Kindern suchte. Blätter wirbelten auf, als sie durchs Unterholz jagte. Sie bellte in freudigem Triumph und leckte dem vermissten Mädchen übers Gesicht.

Für Dr. Crumbly klang das triumphierende Bellen aus dem Traum wie ein klägliches Winseln. Lautlos öffnete er ihre Kiste, um sie nicht zu wecken.

Er arbeitete jetzt allein. Zwei seiner Mitarbeiter waren selbst an dem Ausschlag erkrankt, die anderen hatte er genötigt, zu Hause zu bleiben. Er trug Handschuhe und Stiefel, aber keinen Schutzanzug. Er wollte den Tieren keine Angst machen.

Miss Marple spürte irgendwie seine Gegenwart. Ihr Schwanz schlug einmal schwach gegen den Boden der Kiste.

»Hey, mein Mädchen«, sagte er, streichelte die Hündin und wünschte sich, keine Handschuhe tragen zu müssen. Er fand, das Mindeste, was sie verdiente, war die Wärme seiner Berührung spüren zu können.

Er bereitete die Spritze vor.

Tiere litten unter dem Ausschlag noch schlimmer als Menschen, weil sie nicht ständig gewaschen wurden. Es traf nicht nur Hunde und Katzen. Dr. Crumbly hatte viele infizierte Tiere gesehen, auch Hamster, Kaninchen, ein Frettchen und sogar einen Skunk mit dem Namen Penelope.

Leider konnte er für sie nichts tun, nur sie von ihrem schrecklichen Leiden erlösen. In den letzten zwei Wochen hatte er mehr als zwanzig Haustiere getötet.

Nur ein Tier hatte keine Anzeichen von Krankheit durch den schlierigen Schlamm gezeigt. Dr. Crumbly besaß eine Landschildkröte, die er Maurice genannt hatte. Maurice hatte im Hinterhof in einer Pfütze mit schlierigem Schlamm festgesessen und er konnte sie nur mit einer Schaufel befreien. Drei Tage später hatte die Schildkröte seltsamerweise immer noch keine Krankheitssymptome entwickelt.

Dr. Crumbly hatte unter dem Mikroskop seines kleinen Labors Proben von Maurice' Haut mit Hautproben von infizierten anderen Tieren verglichen. Dabei hatte er in Maurice' Hautzelle ein Enzym entdeckt, dass es in den Zellen der anderen untersuchten Tiere nicht gab.

Miss Marple drehte ihm den Kopf zu.

»Braver Hund«, sagte er.

Dann setzte er die Nadel in den linken Hinterlauf und spritzte ihr eine konzentrierte Lösung der Schildkröten-Enzyme.

35

MONTAG, 6. DEZEMBER

Tamaya war das erste menschliche Testobjekt. Ihre Eltern hatten mit dem Arzt gesprochen, der das Experiment leitete. Er hatte sie gewarnt, nur weil das Mittel bei Tieren anschlüge, könne man nicht garantieren, dass es auch bei Menschen wirke. Aber was hatten sie denn für eine Wahl?

Tamaya versuchte, ihre Hoffnungen nicht zu hoch schießen zu lassen, freute sich aber, als sie erfuhr, dass Miss Marple wieder gesund sei. Sie mochte den Hund.

Tamaya bekam täglich zwei Spritzen mit den Schildkröten-Enzymen. Ständig kamen irgendwelche Ärzte und Schwestern ins Zimmer und schauten nach ihr. Jedes Mal fragten sie nach ihrem Namen, was sie mit der Zeit anfing zu nerven. Sie begriff, dass es noch viele andere Patienten gab und die Ärzte extrem beschäftigt waren, aber immerhin war das hier ein sehr wichtiges Experiment. *Sie könnten sich wenigstens meinen Namen merken.*

Sie erwähnte es gegenüber Ronda, ihrer Lieblingskrankenschwester. Die lachte nur.

»Sie wissen deinen Namen«, erklärte ihr Ronda. »Sie testen bloß dein Erinnerungsvermögen. Menschen haben normalerweise nicht diese Art von Enzymen in ihrem Körper und die Ärzte machen sich Sorgen um mögliche negative Nebeneffekte.«

»Vielleicht wächst mir ein Panzer, wie bei einer Schildkröte«, scherzte Tamaya.

Ronda lachte wieder. »Das wär hübsch«, sagte sie. »Und praktisch«, fügte sie hinzu.

»Jedes Mal, wenn ich müde werde, kann ich mich dann in meinen Panzer verkriechen und schlafen«, fand Tamaya.

Die anderen Schwestern, die sich um Tamaya kümmerten, versuchten in ihrer Gegenwart zwar auch fröhlich zu sein und Zuversicht auszustrahlen, doch sie wusste, dass das nur gespielt war. Sie nahm es ihnen nicht übel. Tamaya begriff, wie schrecklich sie ohne Haare und mit den ganzen Blasen im Gesicht aussehen musste. Aber Ronda spielte ihr nichts vor. Sie redete und scherzte mit ihr, als wäre Tamaya ein völlig normaler Mensch.

Die Ärzte fragten nicht nur nach ihrem Namen, sondern ließen sie auch ihre Adresse und Telefonnummer sagen. Sie fragten sie, wer George Washington war. Sie ließen sie kopfrechnen: fünf mal sieben oder sechsundzwanzig geteilt durch zwei.

Sie horchten ihr Herz und ihre Lunge ab. Sie kontrollierten ihre Körpertemperatur und prüften den Blutdruck. Sie ließen sie im Kreis laufen und ihre Zehen berühren.

Langsam erkannte sie immer besser die verschiedenen Gegenstände, die der Arzt ihr vors Gesicht hielt. Trotzdem bewies das noch nicht, dass die Behandlung anschlug. Nach wochenlanger Übung konnte ihr Gehirn vielleicht auch nur gelernt haben, die verschwommenen Bilder zu entschlüsseln. Genauso war es mit dem Kribbeln. Sie spürte es kaum mehr, doch auch das konnte daran liegen, dass ihr Gehirn gelernt hatte, das Gefühl zu blockieren.

»Wie lange hat es gedauert, bis es Miss Marple besser ging?«, fragte sie einen der Ärzte.

»Menschen und Hunde sind verschieden«, sagte der Arzt, ohne auf das, was sie wissen wollte, einzugehen.

Sie fragte ihn nach Chad, erfuhr aber nur, dass er in einen anderen Teil des Krankenhauses verlegt worden sei. Sie machte sich Sorgen, was das bedeutete.

Sie schlief zu seltsamen Zeiten und nie sehr lang. Ständig wurde sie geweckt, wenn nicht zum Waschen, dann für die nächste Spritze oder weitere Untersuchungen.

Eines Nachts, oder vielleicht war es auch tagsüber, hatte sie einen sehr seltsamen Traum. In ihrem Zimmer stand ein Mann. Er schien kein Arzt zu sein, aber sie wusste nicht, was er war. Er sagte, sein Name sei Fitzy.

»Das ist ja ein komischer Name.«

»Ich bin auch ein komischer Mensch«, sagte er mit einem Lachen.

Jedes Mal, wenn er sprach, kam seine Stimme aus einem anderen Teil des Zimmers. Es konnte sein, dass er einfach herumlief, doch für Tamaya schien es, als ob er eine Art schwebender Geist wäre.

»Möchtest du gern irgendwas haben?«, fragte er.

»Nein, danke.«

»Bist du sicher?«, hakte er nach. »Wenn ich ›irgend-was‹ sage, dann meine ich es auch so. *Irgendwas*, was auch immer! Ich werde bald sehr, sehr reich sein. Vielleicht der reichste Mensch der Welt.«

Auf einmal hörte sie ein Scheppern.

»Was war das?«

»Nichts«, antwortete er.

Es klang, als ob er jetzt unten auf dem Fußboden wäre.

»Ich hab nur das Glas mit den Holzdingern umgeworfen, die man in den Mund geschoben bekommt, wenn man *a-h* sagen soll.«

»Klingt so, als wenn sie sie wieder ins Glas zurücktun.«

»Ich will ja keine Unordnung machen.«

»Sie sollten sie vielleicht besser wegschmeißen«, erklärte ihm Tamaya. »Ich finde, die kann man doch nicht noch mal jemandem in den Mund schieben, nachdem sie auf den Boden gefallen sind.«

»Ach so, ja«, stimmte er ihr zu.

Sie hörte, wie sie in den Müll geworfen wurden.

»Also, kann ich dir irgendwas kaufen?« Seine Stimme war jetzt ganz dicht bei ihr.

»Nein, danke.«

»Ich will auch nichts«, sagte er. Er klang traurig. »Du denkst bestimmt, jemand, der eine Menge Geld hat, möchte sich doch sicher etwas kaufen, oder?«

»Ja.«

»Tja, ich nicht.« Seine Stimme war jetzt weit weg.

»Ich finde nur gern Dinge raus. Ich liebe Naturwissenschaften. Du auch?«

»Geht so.«

»Was magst du am liebsten?«

»Lesen, nehm ich an«, antwortete sie. »Schreiben auch. Ich glaube, ich möchte irgendwann Schriftstellerin werden.«

»Das ist gut. Das geht doch immer noch, findest du nicht? Ich meine, auch wenn du nicht sehen kannst. Du kannst in einen Computer sprechen und der schreibt dann für dich.«

»Ich weiß nicht. Ich schreibe anders, als ich rede.«

»Ich versteh, was du meinst. Ich denke anders, als ich rede. Es ist, als ob in meinem Gehirn die ganzen Ideen sind, aber manchmal erkenne ich nicht mal die Worte, die aus meinem Mund kommen.«

»Das kann ich nachfühlen.«

»Sehr gut. Bist du sicher, dass ich dir nichts kaufen kann? Kein Klavier? Keine Standuhr?«

»Ich will nur, dass es mir besser geht.«

»Ich auch. Ich will, dass es allen besser geht. Ich wollte den Menschen helfen, nicht eine weltweite Epidemie auslösen.«

Er klang sehr traurig. Tamaya wünschte sich, dass es etwas gäbe, was sie sich wünschen könnte. »Oh, jetzt weiß ich was!«, sagte sie plötzlich. »Ich brauch einen neuen Schulpullover.«

Irgendwann danach wachte sie auf, als Ronda sie wusch. Tamaya dachte an ihren Traum und musste lachen.

»Was ist so lustig?«, fragte Ronda.

»Nichts.« *Eine Standuhr? Ein Klavier?*

Das Waschen war angenehm.

Oft wusste sie nicht, ob sie die Augen offen hatte oder zu. Es war etwas, worüber sie immer erst nachdenken musste. Jetzt schlug sie sie auf.

Die Welt war voller Licht und Farben. Ronda hatte rotes Haar und dunkle Augen. Die Wände waren gelb.

Tamaya fing an zu zittern.

»Was ist mit dir?«, fragte Ronda.

Alles wirkte noch immer sehr verschwommen, doch es war ein lichtdurchflutetes Verschwommensein.

»Tamaya, ist alles in Ordnung mit dir?«, fragte Ronda erneut.

Tamaya hatte Angst, noch immer zu träumen. Sie sprach zaghaft, beinahe ängstlich, weil sie fürchtete, wenn sie es aussprach, könnte die Welt wieder dunkel werden.

»Ronda, ich seh dich«, sagte sie, und als die Welt nicht wieder verschwand, fing sie noch viel heftiger an zu zittern. »Ich kann sehen.«

Ronda zitterte plötzlich auch. Sie umarmte Tamaya ganz fest, was absolut gegen die Regeln war.

»Ruf sofort deine Mutter an!«, erklärte sie. »Ich hol den Arzt und du rufst deine Mutter an!«

Sie drückte Tamaya noch einmal an sich, dann reichte sie ihr das Handy vom Nachttisch.

»Wie spät ist es?«, fragte Tamaya. »Bist du sicher, dass ich noch anrufen kann?«

»Es ist egal, wie spät es ist«, sagte Ronda. »Ruf an!«

Um Viertel vor vier am Morgen schrak Tamayas Mutter vom Klingeln des Telefons auf. Sofort war die Panik da. Es brauchte ihren ganzen Mut, an den Apparat zu gehen, und sie versuchte, sich auf das Schlimmste einzustellen.

»Ja?«

»Hey, Mom, weißt du was?«

36

SCHNEE

Zwei Tage später fiel der erste Schnee. Tamaya konnte zwar noch nicht die einzelnen Flocken unterscheiden, doch sie erkannte Striche aus Grau und Weiß, die vor dem Krankenhausfenster vorbeiflogen.

Es sah schön aus. Die ganze Welt kam ihr schön vor, selbst der leuchtend grüne Wackelpudding, den es mittags als Nachtisch gab, mit Krautsalat, der auf magische Weise darin herumschwebte.

Ronda führte sie auf die Außenterrasse vor der Cafeteria. Mit einer Skimütze über dem kurz geschorenen Haar lag sie auf dem Zementboden und fing mit ihrer Zunge Schneeflocken ein.

Es schneite vier Tage lang durch. Tamaya erfuhr, dass auch Marshall inzwischen das Serum von Dr. Crumbly gespritzt bekam und deutliche Fortschritte machte. Aber niemand schien irgendetwas von Chad zu wissen, und Tamaya hatte Angst, allzu sehr nachzufragen, Angst, was sie womöglich erfahren würde.

Der Arzt gab ihr eine große, schwarz geränderte Brille, die viel zu wuchtig für ihr Gesicht war.

Als sie ihn zum ersten Mal deutlich erkannte, wäre sie beinahe in Ohnmacht gefallen. Mit seinen sanften braunen Augen und den gelockten Haaren sah er fast süßer aus als Mr Franks.

»Ich werd jedes Mal ganz verlegen und stumm, wenn er mich ansieht«, erzählte sie Monica am Handy. »Nur gut, dass ich nicht vorher wusste, wie er aussieht. Alle hätten bestimmt gedacht, ich hab lauter ganz schreckliche Nebenwirkungen. Bestimmt hätt ich sogar meinen Namen vergessen!«

Monica lachte.

»Du klingst, als ob du gar nicht mehr so viel Angst hast«, stellte Tamaya fest.

»Ich weiß. Ich glaube, das liegt an dem vielen Schnee. Klar weiß ich, dass der Schlamm immer noch da drunter ist, aber das Ganze wirkt trotzdem irgendwie geschützter. Und ich freu mich vor allem, dass es dir so viel besser geht!«

Tamaya hörte ein Knacksen in Monicas Stimme. Es klang, als würde sie weinen. Auch Tamaya fing jetzt an zu weinen. Dann lachten sie darüber, dass sie weinten. Sie weinten und lachten noch eine Weile weiter zusammen am Handy.

Im Krankenzimmer von Tamaya hing in einer Ecke der Fernseher von der Decke. Eines Tages, Ende Dezember, als Tamaya gerade fernsah, kam der Arzt, um ihren Puls zu messen.

Sie spürte, wie ihr Puls anstieg, als sie der Arzt berührte. Hoffentlich brachte das nicht seine Messungen durcheinander.

Wegen einer Sondermeldung aus Heath Cliff in Pennsylvania wurde die Fernsehsendung plötzlich unterbrochen. Der Arzt ließ ihr Handgelenk los, griff nach der Fernbedienung und stellte den Ton lauter.

Ein Mann stand hinter der Woodridge Academy, ganz nahe am Waldrand. Er war von Reportern umgeben. Auf dem Streifen unten an ihrem Bildschirm las sie, dass er Dr. Peter Smythe hieß und stellvertretender Direktor der Seuchenschutzbehörde war. Es wirkte komisch, etwas im Fernsehen zu sehen, das direkt an ihrer Schule passierte. Draußen vor dem Krankenhausfenster fiel Schnee und sie sah den gleichen Schnee auf den Mann im Fernsehen fallen. Tamaya fand, er sah eher aus wie ein Holzfäller als wie ein Arzt. Er hatte einen dicken, buschigen Bart und hielt eine Schaufel in der Hand.

Der Mann stieß seine Schaufel durch den Schnee, dann fasste er mit bloßen Händen nach unten und zog einen großen Klumpen einer schwarzen, schmierigen Masse aus dem Boden.

»Schlieriger Schlamm«, sagte er. Eiskristalle klebten in seinem Bart, und Tamaya sah seinen eisigen Atem, während er sprach. »Ich halte hier mehr als eine Milliarde der sogenannten Frankenstein-Erreger in der Hand.«

Tamaya spürte sofort wieder das Kribbeln, als sie sah, wie er den Schlamm genauso in der Hand hielt wie sie damals.

»Und ich bin froh, sagen zu können, dass auch der

letzte dieser Erreger inzwischen abgestorben ist«, erklärte der Mann. »Die Organismen können Minustemperaturen nicht überleben.«

Tamaya und ihr Arzt sahen sich an. *Konnte das wirklich wahr sein?*

Einige Reporter klatschten und Tamaya hörte die Jubelschreie aus den anderen Zimmern im Krankenhaus.

»Heißt das, die Krise ist überwunden?«, fragte ein Reporter.

Bevor Dr. Smythe antworten konnte, hatte das Textband auf dem Fernsehbildschirm bereits verkündet: KRISE VORBEI! FRANKENSTEIN-ERREGER ALLE TOT!

Tamaya überlegte, wie sie das so sicher sagen konnten. Vielleicht fielen ja einige Erreger bloß in einen Winterschlaf. So wie Bären.

»Woher wissen Sie, dass die Erreger nicht einfach nur schlummern?«, fragte eine Reporterin fast so, als ob sie Tamayas Gedanken weiterleiten würde. »Wie können Sie sicher sein, dass sie nicht wieder aufwachen, wenn das Wetter wärmer wird?«

»Wir haben Laboruntersuchungen gemacht. Ich habe selbst durchs Mikroskop geschaut und die zerstörten Membranen gesehen. Sie können sicher sein, die Erreger *wachen nicht wieder auf.*«

Trotzdem wunderte sich Tamaya, wie er wissen konnte, dass *alle* tot waren? Vielleicht gab es ja unter dem vielen Schnee doch noch einen, der lebte.

»Natürlich wird die Seuchenschutzbehörde die Situation weiter überwachen«, sagte Dr. Smythe. »Auch wenn es sehr unwahrscheinlich ist, besteht natürlich die Möglichkeit, dass eine weitere Mutation stattgefunden hat. Irgendwo hier könnte es ein Ergonym geben, das in der Lage ist, die eisige Kälte zu überleben. Wenn der Schnee schmilzt, werden wir mehr wissen.«

$$2 \times 1 = 2$$

37

DONNERSTAG, 30. DEZEMBER

Die Quarantäne wurde aufgehoben.

Unter der Leitung der nationalen Gesundheitsbehörde wurde Dr. Crumblys Serum in Massen produziert. Es kurierte erfolgreich mehr als sechzigtausend Menschen und Tiere, die sich mit dem Dhilwaddi-Hautblasenausschlag – so der nun offizielle Name dieser Erkrankung – infiziert hatten. Medizinische Nachschlagewerke wurden mit Vorher-nachher-Fotos von Tamaya Dhilwaddys Haut auf den neuesten Stand gebracht.

Zwei Wochen nachdem sie entlassen worden waren, kehrten Tamaya und Marshall ins Krankenhaus zurück, diesmal jedoch als Besucher. Tamaya brachte ihrem Arzt und den Schwestern als verspätetes Weihnachtsgeschenk Gläser mit hausgemachter Erdbeermarmelade vorbei. Marshall hatte eine Essensdose aus Plastik in der Hand.

Tamaya trug noch immer eine Brille, aber Monica hatte ihr zu Weihnachten eine neue geschenkt. Der Rand war neongrün und halb durchscheinend. Monica behauptete, die Brille sei *très chic*, was der französische Ausdruck für »total stylish« ist.

Tamayas Haare wuchsen allmählich wieder nach. Sie trug eine rosa Mütze über dem, was sie ihren struppigen Kopf nannte.

Sie hatte noch ein paar Narben an Hand und Arm, die aber, wie ihr Arzt sagte, auch bald verschwinden würden. Im Gesicht hatte sie eine Pockennarbe, von der ihre Freundin Summer meinte, sie mache Tamaya nur umso hübscher.

»Um perfekt zu sein, braucht jede Frau etwas, das nicht perfekt ist«, erklärte ihr Summer.

Das klang für Tamaya wie ein Widerspruch in sich, aber sie hörte es trotzdem gern.

Nachdem Tamaya die Erdbeermarmelade überreicht hatte, sagte Ronda, sie hätte auch etwas für sie.

Sie überreichte ihr eine flache Schachtel. Tamaya öffnete sie und fand darin einen neuen Schulpullover.

»Woher wusstest du das?« Sie konnte sich nicht erinnern, Ronda je von dem Pullover erzählt zu haben. »Das wär doch nicht nötig gewesen. Der ist ja viel zu teuer.«

»Er ist nicht von mir«, erklärte die Schwester. »Die Schachtel ist gestern hier für dich angekommen. Ich hab schon überlegt, wie ich sie an dich weiterleite.«

Tamaya fand eine kleine Karte, auf der stand: *Für ein Mädchen mit sehr viel Tugend und Tapferkeit.* Unterschrieben war sie mit *Dein Freund. Fitzy.*

»Wer ist Fitzy?«, fragte Marshall, der über ihre Schulter hinweg mitgelesen hatte.

»Ich dachte, ich hätte ihn geträumt«, antwortete Tamaya verwirrt. »Nur gut, dass ich mir kein Klavier gewünscht hab!«

»Hä?«, fragte Marshall.

Chad Hilligas war einer der wenigen Ausschlag-Patienten, die immer noch im Krankenhaus lagen. Seine Gesichtshaut war schwer geschädigt, man hatte ihn in einer Abteilung untergebracht, in der normalerweise nur Opfer mit schweren Brandverletzungen lagen.

Tamaya klopfte und die Tür ging auf. »Hallo?«, fragte sie, als sie eintrat. Marshall war nicht mehr bei ihr.

Chad saß aufrecht im Bett und hatte einen Schlafanzug mit grünen Nadelstreifen an. Ein Sonnenstrahl drang durch das Fenster, leuchtete in seiner Leuchtbahn winzige Staubpartikel an und warf sein grelles Licht auf das stark vernarbte Gesicht. Chad trug eine der schwarz geränderten Brillen, die das Krankenhaus zur Verfügung stellte.

Tamaya war froh, die Brille zu sehen. Wenn er blind gewesen wäre, hätte er keine Brille gebraucht.

»Tamaya!«, sagte er.

Sie hatte Angst, er könnte sie wieder hassen wegen dem, was sie ihm angetan hatte, doch er schien froh zu sein, sie zu sehen.

»Hi, Chad.« Sie legte die Schachtel mit dem Pullover ab und schob die Hände in die Gesäßtaschen ihrer Jeans. »Wie geht's dir?«

»Ich darf meinen Mund nicht so viel bewegen«, antwortete er und hielt sein Gesicht beim Sprechen merklich still.«Die mussten Haut von einem andern Teil meines Körpers nehmen und sie mir ins Gesicht pflanzen.«

»Oh«, sagte Tamaya. »Siehst aber immer noch aus wie du«, versicherte sie ihm.

»Nenn mich einfach Arschgesicht«, sagte er.

Sie war schockiert. »Du meinst, sie haben ...« Sie hielt sich die Hand vor den Mund. »Wenigstens findest du's lustig. Und bist nicht total wütend und so.«

»Mich macht überhaupt nichts wütend. Ist irgendwie komisch. Seit ich wieder sehen kann, ist alles besser.«

»Ich weiß, was du meinst«, stimmte Tamaya ihm zu. »Die Welt ist schön.«

»Ich hoffe, das bleibt so«, sagte Chad.

»Ich auch.«

Sie war sich nicht sicher, ob er hoffte, dass die Welt weiter bestehen würde oder dass alles weiter schön aussah. Wie auch immer, sie stimmte ihm zu.

Die Tür ging ein Stück weiter auf und Marshall schob sich rückwärts ins Zimmer. Als er sich umdrehte, sahen sie, dass er ein Tablett mit drei Tellern Lasagne trug.

»Die Schwestern haben mir erlaubt, die Mikrowelle zu benutzen.«

»Herzlichen Glückwunsch zum Geburtstag!«, rief Tamaya.

Chad antwortete nicht. Er starrte auf das Essen, dann schaute er von Marshall zu Tamaya.

»Er darf nicht reden«, erklärte Tamaya Marshall und flüsterte ihm ins Ohr: »Sie haben ihm seinen Hintern ins Gesicht transplantiert.«

Chad zog die Bettdecke zurück und ließ sich langsam vom Bett gleiten. Er trat auf Marshall zu, der das Tablett abstellte und nervös zurückwich.

Vielleicht lag es ja an dem ganzen Gerede über die Frankenstein-Erreger, aber Tamaya fand, mit seinem vernarbten, starren Gesicht und den auf einmal ausgestreckten Armen sah Chad ein bisschen aus wie das Frankenstein-Monster persönlich.

Marshall wich weiter in Richtung Wand zurück. Aber Chad packte ihn an den Schultern, zog ihn zu sich heran und umarmte ihn.

»Danke, Mann«, sagte Chad.

Marshall wand sich los. »War Tamayas Idee.«

Tamaya lachte über seine Verlegenheit. Sie fragte sich, wieso Jungen bei Umarmungen immer so komisch reagierten, doch auf einmal blieb ihr das Herz stehen, als Chad den Blick auf sie richtete. Er breitete seine Arme aus und sagte die gleichen fünf Worte, die er schon einmal zu ihr gesagt hatte.

»Du bist die Nächste, Tamaya.«

38

MUT, DEMUT UND ANSTAND

Die folgende Aussage ist ein Auszug aus der Abschrift der Anhörungen zur Katastrophe von Heath Cliff:

SENATOR HALTINGS: Hast du, als du in den Wald zurückgingst, um nach Chad zu suchen, noch mehr von dem Schlamm gesehen?

TAMAYA DHILWADDI: Ja. Fast überall! Aber vielleicht war auch am Tag vorher schon mehr da. Da hab ich nur noch nicht drauf geachtet.

SENATOR WRIGHT: Bitte sprich direkt ins Mikrofon, Tamaya. Wir haben sonst Schwierigkeiten, dich zu verstehen.

TAMAYA DHILWADDI: Entschuldigung. Ich hab gesagt, beim ersten Mal, als ich in den Wald ging, wusste ich ja nichts von dem schlierigen Schlamm, deshalb hab ich auch nicht drauf geachtet. Mein einziger Gedanke war, dass ich da rauswollte.

SENATOR HALTINGS: Weil es nicht erlaubt war, in den Wald zu gehen?

TAMAYA DHILWADDI: Aber allein nach Hause gehen durfte ich auch nicht.

SENATOR HALTINGS: Also friss oder stirb.

TAMAYA DHILWADDI: Wie bitte?

SENATOR HALTINGS: Das sagt man, wenn man zwei Alternativen hat, die beide schlecht sind.

TAMAYA DHILWADDI: Ja, beide Alternativen waren sehr schlecht.

SENATOR WRIGHT: Nun, Tamaya, im Namen des Ausschusses darf ich dir sagen: Wir sind alle sehr froh, dass du dich damals entschieden hast, Marshall in den Wald zu folgen. Womöglich habt ihr beiden die Welt gerettet.

TAMAYA DHILWADDI: Aber wegen mir hat die ganze Stadt den Ausschlag bekommen.

SENATOR WRIGHT: Nein. Nach allem, was uns die Forscher erklärt haben, wäre das sowieso passiert. Vielleicht nur ein, zwei Wochen später. Und dann wäre es zu spät gewesen, das Ganze noch einzudämmen.

SENATOR HALTINGS: Dann hätte es die Quarantäne nicht gegeben. Irgendwer hätte in den schlierigen Schlamm treten, ein Flugzeug besteigen und nach Los Angeles, Paris oder Hongkong fliegen können. Und schon hätten wir eine weltweite Epidemie gehabt, auch da, wo das Thermometer niemals unter den Gefrierpunkt sinkt.

SENATOR WRIGHT: Durch Marshall, Chad und dich ist unser Land frühzeitig gewarnt worden.

SENATOR HALTINGS: Du bist eine sehr mutige junge Dame, Tamaya.

TAMAYA DHILWADDI: Ich war nicht mutig. Ich hatte Angst. Marshall war der Mutige.

SENATOR FOOTE: Und was ist das für ein Gefühl für dich, dass es auf einmal eine Krankheit gibt, die nach dir benannt ist?

TAMAYA DHILWADDI: Das ist eine große Ehre … nehme ich an.

EPILOG

Hunderttausende von Jahren lebte die Menschheit in einer Welt ohne Biolen. Es gab auch kein Benzin, keine Atomkraftwerke und kein elektrisches Licht. Das Wasser war sauber und am Nachthimmel leuchteten Millionen Sterne.

Es gab auch weniger Menschen auf der Erde.

Man schätzt, dass vor tausend Jahren etwa dreihundert Millionen Menschen lebten. Erst im frühen 19. Jahrhundert erreichte die Gesamtbevölkerung die Marke von einer Milliarde. Doch in den 1950er-Jahren hatte sich diese Zahl bereits mehr als verdoppelt. 1951 bewohnten schon über zweieinhalb Milliarden Menschen unseren Planeten. In den 1990er-Jahren hatte sich die Weltbevölkerung erneut verdoppelt. Und im Jahr 2011 hieß es, dass es mehr als sieben Milliarden von uns gibt.

$$2 \times 7.000.000.000 = 14.000.000.000$$
$$2 \times 14.000.000.000 =$$

Was der Grund ist, weshalb der Senatsausschuss für Energie und Umwelt selbst nach der Katastrophe von

Heath Cliff noch einstimmig dafür stimmte, einer weiteren Produktion von Biolen zuzustimmen. Der Ausschuss war in einer echten Zwickmühle: Entweder man riskiert eine weltweite Katastrophe oder man gibt eine saubere, bezahlbare Energiequelle auf. Man entschied, dass das Risiko einer Katastrophe extrem gering sei.

Friss oder stirb.

Jonathan Fitzman versicherte dem Ausschuss, dass es neue Sicherheitsverfahren geben werde. Das beinhalte auch, täglich Proben aus den Speichertanks zu nehmen, um sie auf sauerstofftolerante Ergonyme zu testen. Wenn man auch nur ein einziges solches Ergie fände, würden die ganzen »kleinen Kerlchen« vernichtet.

Bald würden Biolen-getriebene Autos und Lastwagen die Autobahnen füllen. SunRay Farm würde neue Anlagen in Michigan, Idaho und New Mexico errichten – Gegenden, die wegen ihres kalten Klimas oder wegen des Mangels an Vegetation ausgewählt wurden. Forscher hatten herausgefunden, dass die Frankenstein-Erreger aufgrund des reichhaltigen Angebots an organischen Substanzen im Wald so extrem gut gediehen waren. Besonders liebten die Ergies frisch gefallenes Laub.

Einige Wochen nachdem Tamaya aus Washington zurück war, spürte sie immer noch einen Schimmer der Begeisterung über das, was sie erlebt hatte. Alle hatten ihr gesagt, wie gut sie aufgetreten sei, und lobten ihre Reife und Sicherheit. Monica erinnerte sie immer wieder daran, dass sie jetzt eine Berühmtheit sei.

Es war gruselig, wieder in den Wald zu gehen. Es war gruselig, auf Chads Baum zu klettern, besonders mit klobigen Schneestiefeln und dicken Handschuhen. Chad, der vorne ging, und Marshall dicht hinter ihr versprachen beide, dass sie sie nicht fallen lassen würden. Sie wagte es dennoch nicht, einen Blick nach unten zu riskieren.

Das Klettern, die Kälte und ihre Höhenangst machten sie kurzatmig, aber auch beschwingt, als sie die Querbretter erreichte, die Chad oben festgenagelt hatte.

»Ist das nicht toll?«, rief er begeistert.

»Wahnsinn!«, stimmte ihm Marshall zu.

Tamaya klammerte sich fest an den Baum, als sie über das riesige verschneite Waldgebiet schaute. Die Welt war so schön. Sie hoffte nur, dass es so bleiben würde ... auch wenn der Schnee weggetaut war.

Tamaya Dhilwaddi

Zimmer 308

Regionalkrankenhaus Heath Cliff

9. Dezember

Nachgereichte Schulaufgabe

Wie man einen Luftballon aufbläst

1. Du fängst mit einem Ballon an, der völlig schlaff ist (die Farbe spielt keine Rolle). Gefüllt werden soll er mit Luft aus deiner Lunge.

2. Schau nach dem knubbeligen Ende. Wenn du deinen Finger durch den Knubbel steckst, ist er im Innern des Ballons. Aber steck den Finger jetzt nicht rein.

3. Gut, und nun nimmst du das knubbelige Ende in deinen Mund. Deine Lippen müssen fest um den Knubbel geschlossen sein, damit deine ganze Luft in den Ballon geht, wenn du bläst, und nicht dran vorbei.

4. Okay. Jetzt halte den Ballon mit dem Zeige- und Mittelfinger. Du musst ihn so locker halten, dass die Luft in den Ballon hineingeht, aber trotzdem fest genug, dass er sich nicht bewegt.

5. So, und jetzt blasen.

6. Wiederhole Schritt 5, bis der Ballon voll ist.

7. Zwischen dem Blasen wirst du immer neu Luft holen müssen. Pass auf, dass du deine Finger fest um den Ballon hältst, wenn du einatmest, damit die Luft nicht wieder aus dem Ballon herauskommt.

8. Gut, und jetzt musst du den Ballon noch zuknoten. Das ist der schwierigste Teil! Halte den Ballon ganz fest zwischen Zeige- und Mittelfinger, damit keine Luft rauskommt. Ein kleines baumelndes Stück von deinem Ballon steht über. Zieh das Stück lang und wickle es einmal um deinen Finger. Dann binde es zu einem Knoten zusammen, indem du das knubbelige Ende zwischen deinem Finger und dem drum rum gewickelten Teil durchschiebst.

9. Zieh deinen Finger weg. Tada!

Louis Sachar
Löcher
Die Geheimnisse von Green Lake

Aus dem Amerikanischen von Birgitt Kollmann
Roman, 296 Seiten (ab 12), Gulliver TB 74098
Auswahlliste zum Deutschen Jugendliteraturpreis
Ebenfalls als E-Book erhältlich (74315)

Die ganz unglaubliche, zum Weinen komische Geschichte von Stanley, der endlich den Familienfluch der Yelnats bannt. Hundert Jahre gab es kein Entrinnen: Was immer ein Yelnats anfing, es ging schief. Die Geschäftsidee von Stanleys Vater, gebrauchte Turnschuhe zu recyceln, war da nur das letzte Glied einer langen Unglückskette. Doch plötzlich winkt das Glück. Davor aber liegen: die Geheimnisse von Green Lake.

Louis Sachar
Löcher. Die Geheimnisse von Green Lake
Kurzfassung in Einfacher Sprache

160 Seiten (ab 12), Gulliver TB 81007
Auch als E-Book erhältlich (81008)

Dies ist die unglaubliche Geschichte von Stanley Yelnats: Der Junge bannt den Fluch, der auf seiner Familie liegt. Seit hundert Jahren geht alles schief, was ein Yelnats anfängt. Auch Stanleys Vater scheint vom Pech verfolgt – doch dann kommt plötzlich das Glück. Davor aber liegen die Geheimnisse von Green Lake.

✓ Für Literaturunterricht in inklusiven Klassen

✓ Für Jugendliche mit LRS oder geringen Deutschkenntnissen

✓ Entspricht dem Sprachniveau A2/B1

GULLIVER   www.beltz.de